KB262162

TURNING POINT

터닝 포인트

FUSION FANTASTIC STORY

홀로선별 장편 소설

터닝 포인트 7

홀로선별 장편 소설

초판 1쇄 찍은 날 § 2012년 12월 9일
초판 1쇄 펴낸 날 § 2012년 12월 27일

지은이 § 홀로선별
펴낸이 § 서경석

편집부장 § 권태완
편집책임 § 어정원
디자인 § 이혜정

펴낸곳 § 도서출판 청어람
등록번호 § 제1081-1-89호
등록일자 § 1999. 5. 31
어람번호 § 제1-1510호

주소 § 경기도 부천시 원미구 심곡2동 163-2 서경B/D 3F (우) 420-822
전화 § 032-656-4452 팩스 § 032-656-4453
http://www.chungeoram.com
E-mail § chungeorambook@daum.net

ⓒ 홀로선별, 2012

ISBN 978-89-251-3113-9 04810
ISBN 978-89-251-2854-2 (세트)

FUSION FANTASTIC STORY
홀로선별 장편 소설

TURNING POINT

터닝
포인트

7

[완결]

청어람

CONTENTS

Chapter **01**

공장 설립 (1)

1

엘프 쥬얼리의 초대 공장장이 된 최태식은 남대문 시장 안에 있는 어두운 공장 안에서 생활한 지가 무려 이십구 년이다.

처음에는 매일 얻어맞고 욕을 먹을 정도로 일이 서툴고 힘들었지만 세월이 흘러감에 따라 그는 이 일을 천직으로 여길 만큼 열심을 다해왔다.

남들이 보면 겨우 그런 일을 하는데 평생을 바치는 게 어리석어 보일지도 모르지만 그는 그저 매일 나와서 같은 일을 반복하며 보람을 느끼곤 했다.

그러다 보니 전에는 안보이던 것도 보이고 전혀 몰랐던 것도 꽤 많이 알게 되었다.

"그러니까 공장장님 말씀은 이 창고를 개조하면 빠른 시일 내에 공장을 가동할 수 있다는 말입니까?"

"네, 그렇습니다. 만일 기존 공장을 인수하신다면 더욱 쉽겠지만 그건 돈이 너무 많이 들어갑니다. 당장 이곳 성수동만 해도 시설이 완벽한 공장 같은 경우 사장님께서 원하시는 규모라면 최소한 오억은 있어야 합니다. 물론 아무리 완벽한 시설이 되어 있어도 우리의 물건을 생산하는데 맞게 쓰려면 일억 정도는 투자를 더 하셔야 하고요. 결코 적은 액수는 아니지요."

"으음……. 생각보다 비싸군요."

최태식의 말을 듣던 영빈은 자신도 모르게 침음성을 흘리고 말았다.

사실 그가 처음 생각했던 공장은 가내 수공업을 할 수 있는 수준이었다.

그러나 상대가 나르시라는 것을 알게 되면서 그 생각을 바꿀 수밖에 없었다. 그들과 싸우려면 가내 수공업 정도로는 어렵기 때문이다.

그렇기에 제대로 된 공장을 설립하려 한 것인데 그게 또 지금 보는 것처럼 만만치 않았다.

“그래서 제가 이 창고를 권하는 것입니다. 여기는 비록 창고지만 애초에는 공장으로 쓰려고 했던 것인지 모든 조건이 다 갖추어져 있습니다. 우선 층고가 높아서 기계화를 위한 시설을 넣는데 전혀 무리가 없습니다. 게다가 전력량 공급을 높여도 크게 문제가 없는 변압기와 전기 배선이 되어 있어요. 이런 창고가 있다는 게 신기할 정도입니다. 만약 이 창고를 임대해서 우리가 필요한 공장으로 개조한다면 약 일억 오천 정도에 가능합니다. 임대 보증금이 일억이니 총 이억 오천만 원이면 설립할 수 있다는 계산이 나옵니다.”

“그렇다면 비용이 절반도 안 드는 셈이로군요. 좋습니다. 여기로 정합시다. 당장 임대 계약부터 하기로 하죠.”

“당, 당장 말입니까?”

“최 공장장님께서 괜찮다는 것을 확인했는데 뭐가 더 필요 하겠습니까? 건물 등기부 등본이야 공인 중개사 사무실에서 확인하면 될 테고……. 지금 계약하는데 다른 문제가 있습니까?”

보통 사람 같으면 이런 경우 몇 번을 더 재면서 고민에 고민을 거듭할 것이다.

그러나 이 어린 사장은 정말 배포가 대단할 뿐더러 행동력이 남달랐다.

그렇기에 간이 작은 최태식이 당황할 수밖에…….

“그런 것은 아닙니다. 저 역시 벌써 수차례에 걸쳐 이 창고를 공장으로 쓸 수 있는지 검토했거든요. 단지 사장님께서 워낙 빠르게 결정을 하셔서 놀랐을 뿐입니다.”

“하하하! 이런 문제는 고민할수록 손해라고 생각합니다. 우리가 좋다는 것을 알았다면 남들도 충분히 그럴 수 있을 테고 그렇게 되면 뺏길 가능성도 높겠지요. 저는 미적거리다가 이런 좋은 공장 자리를 놓치고 싶지 않을 뿐입니다.”

말은 쉽다.

그러나 이렇게 실천으로 보여 주기는 그렇게 쉽지 않은 일임을 최태식은 인생 경험을 통해 알고 있었다.

‘이 사람은 과연 인물이로구나. 갈수록 이 사람을 선택하기를 잘했다는 생각이 드는구나. 어쩌면 이번 선택이 내 인생에 있어서 가장 잘한 선택인지도……. 기껏해야 우리 아들 또래밖에 안 된 것 같은데 정말 놀랍네, 놀라워. 이분에 비하면 아들놈은 아직도 한참 철부지일 뿐이니……. 쯧…….’

그는 이런 생각을 하며 벌써 성큼 앞서 걷고 있는 영빈의 뒤를 빠르게 따라갔다.

오늘 저녁에는 아들 녀석에게 일장 훈계를 하리라 다짐하면서 말이다.

잘난 영빈이 때문에 괜히 죄없는 최태식의 아들만 억울하게 생겼다.

"그런데 사장님, 부동산 사무실이 어디인지 알고 계십니까?"

멈칫…….

"아니요. 제가 그걸 어찌 알겠습니까?"

"그쪽이 아니고 이쪽이라 드린 말씀입니다."

"이런……. 제가 마음이 바쁘다 보니 아무 생각 없이 걸었군요. 하하."

워낙 준비할 것도 많고 무엇보다 자금을 어떻게 충당할까를 고민하다 보니 이런 실수를 다 했다.

물론 미국팀이 들어오게 되면 그 정도 돈은 금방 충당할 수 있겠지만 그 돈은 가장 최후에 사용하려는 게 영빈의 솔직한 심정이었다.

그렇기 때문에 자꾸 머리를 굴리게 될 수밖에 없었던 것이다.

"이게 뭡니까? 1순위가 사채로군요."

"아 네, 사채가 맞긴 합니다만 실제 쓴 돈은 기껏해야 4억입니다. 방금 사장님께서 보고 오셔서 알겠지만 그 창고의 가치는 적게 잡아도 10억은 갑니다. 그러니 보증금 일억을 날릴 염려는 없지요. 헤헤……."

부동산 사무실에 도착한 영빈은 가장 먼저 등기부 등본부터 확인해 보았다.

그가 비록 현실에서는 대학 1학년 새내기에 불과했지만 지식은 노련한 39세 사업인의 지식을 가지고 있지 않은가.

때문에 등기부 등본을 확인하는 것은 그야말로 간단했는데 그의 예리한 눈에 심각한 문제점이 들어왔던 것이다.

바로 을구 1 순위에 근저당권자가 은행이 아닌 사채업자라는 게 보였다.

사실 이건 방금 부동산 업자의 말대로 큰 문제가 아닐 수도 있다.

실제로 이 당시 성수동의 땅값이 그리 싼 것도 아닌데다가 부동산 거래도 제법 활발했던 것이다.

그러나 영빈은 이시기에 갑자기 사채업자들의 채권회수가 조급해질 거라는 것을 알고 있었다.

1993년 8월 12일.

대한민국 제14대 김영삼 대통령의 긴급 명령으로 한 가지 법령이 시행이 된다.

그것은 다름 아닌 금융 실명제.

취지는 좋은 법령이지만 이 무렵 실제 중소기업들은 엄청난 부도 사태에 휘말리게 된다.

그 이유의 핵심인즉, 바로 사채업자들이 겁을 먹고 자금 회수를 서둘렀기 때문이다.

그동안은 차명으로 돈을 움직여 세금을 피할 수 있었지만 그것들을 실명으로 바꾸게 되면 세금은 물론 자금 추적까지 당할 우려가 있었다.

해서 미리 자금 회수를 서두름은 물론 아예 자금 동결에 나섰던 것이다.

쉽게 이야기하자면 이렇게 사채를 빌려 쓴 건물들은 조금만 이자 지급이 늦어져도 급히 경매로 넘어가게 되는 경우가 많았는데 그게 문제가 될 수 있다는 뜻이다.

특히 공장은 건물 보증금보다 시설 설비에 들어가는 돈이 더 많은 편이다.

그런 탓에 한참 공장을 가동하다가 경매가 닥치게 되면 그로 인해 발생하는 손해가 막심할 수 있다.

그러니 굳이 이런 위험을 안고 임대를 얻을 수는 없었다.

"공장장님께서 애써 구하신 자리였는데 아쉽군요."

"아닙니다. 제가 워낙 무식해서 그런 것까지는 생각 못했습니다. 그런데 한 가지 궁금한 것이 있습니다만……."

"말씀하세요."

"저기… 제 아들 녀석이 올해 24살입니다만 아마 등기부 등본을 볼 줄 아는 것은 고사하고 그게 뭔지 본 적도 없을 겁니다. 사장님은 제가 알고 있기로 이번에 대학에 들어가

신 걸로 알고 있는데 어떻게 부동산에 대해서 그렇게 잘 아
시는 겁니까? 솔직히 이해가 가질 않습니다."

"아, 그건 제가 고등학교 다닐 때부터 부동산에 관심이
많아 혼자 그 분야에 대해 공부를 했거든요. 모르는 것은
어른들에게 물어보면서요."

"그, 그렇군요! 이야, 정말 대단하십니다."

부동산 사무실을 나서며 두 사람은 이런 대화를 나누었
다.

비록 쓸 만한 공장 자리를 놓치긴 했지만 아직 영빈에게
는 히든카드 한 장이 남아 있었기에 여유롭기만 했다.

오히려 생각보다 최태식이 훨씬 쓸모있고 보탬이 되는
사람이라는 사실을 알게 된 것이 더욱 기꺼운 영빈이었다.

그러다 문득 영빈은 표정을 바꾸더니 시선을 그에게 돌
려 말했다.

"공장장님."

"네, 사장님."

"제가 조만간 공장 자리를 찾아드릴 테니 그 자리에 어떻
게 시설을 해야 할지를 검토해 주세요. 그동안 잊고 있었는
데 아주 좋은 자리를 알선해 주실 분이 떠올랐거든요."

"그러시다면 저야 더 좋지요. 사실 어떤 자리를 선택해야
할지가 저에게는 정말 큰 숙제였거든요."

영빈은 오늘 금융 실명제 여파 덕분에 문득 좋은 생각이 떠올랐다.

귀한 정보를 제공해 주는 대가를 제대로 지불해 줄 사람이 있기 때문이었다.

아마 그라면 충분히 대화가 통할 것이고 그렇게 되면 자금 문제도 쉽게 해결될 가능성이 농후했다.

2

그가 영빈을 다시 본 것은 겨우 오 개월 만이었다.

하지만 그는 이 사람이 정말 그때의 그 앳된 청년인가 싶을 정도로 놀라고 말았다.

외모가 크게 변한 것은 아니지만 지금 영빈의 몸에서 풍기고 있는 기세는 만인을 압도하고도 남을 만큼 대단했기 때문이다.

물론 보통 사람 같으면 그냥 잘생긴 청년 정도로 봤겠지만 수많은 사람을 상대하면서 사업을 하고 있는 김정한 사장의 눈에는 확실히 뭔가 달라졌다.

"안녕하세요, 김 사장님."

"오……! 이거 진짜 오랜만입니다, 민 사장님."

두 사람은 점심시간 무렵에 사당역 근처에 있는 조용한

일식집에서 만났다.

사실 김정한 사장은 영빈에게 있어서 미래에 워낙 가까웠던 사이라 그런지 언제 만나도 그저 좋기만 했다.

그는 미래에서도 그랬지만 지금 현재 또한 상대가 아무리 어리다 하더라도 말을 함부로 놓는 법이 없었다.

그런 한결같은 점이 영빈에겐 너무나 인상적인 부분이기도 했다.

"바쁘실 텐데 이렇게 나와주셔서 정말 감사합니다."

"무슨 말씀을요. 이미 건물주의 귀띔으로 사장님의 사업이 번창하고 있는 걸 알고 있었습니다. 축하드립니다."

영빈이 사용하고 있는 사무실이 김 사장이 아는 사람 건물이니 충분히 가능한 이야기였다.

"예상은 하고 있었지만 역시 빠르십니다. 뭐, 번창까지는 아니더라도 그리 나쁜 편은 아닙니다. 모두 김 사장님 덕분이지요."

"제 눈이 틀리지 않는다면 아마 민 사장님은 조만간 누구도 함부로 넘볼 수 없는 거물이 되실 겁니다. 그때는 모르는 체하시면 안 됩니다."

"제가 어떤 사람이 되어 있든지 김 사장님을 모른 체할 리가 있겠습니까? 저에게는 아주 중요한 분이신걸요."

영빈의 이 말은 상대를 추켜올리기 위한 빈말이 결코 아니었다.

그가 인생을 살면서 평생 함께 사귀고 싶었던 사람은 정말 몇 명 되지 않았다.

그 가운데 첫 번째가 바로 김 사장이었고, 그렇기에 진심에서 우러나온 말이었던 것이다.

물론 새로운 인생을 살면서는 더 많은 사람이 생기긴 했다.

특히 목숨을 함께 나누었던 전우들은 절대 등을 돌릴 수 없을 것이다.

하지만 김 사장 역시 그들만큼 중요했다.

이는 예전 미래나 다시 함께한 시간은 물론이거니와 앞으로 찾아올 미래에서도 그럴 것이라는 확신이 있었다.

"가만 보니 민 사장님께서 저에게 뭔가 부탁할 것이 있는 모양이군요. 그런 말씀을 하시는 거 보니……."

"하하하! 아무튼 못 당하겠다니까요. 그렇습니다. 사실은 부탁도 할 일도 있고 또 좋은 정보도 있고 해서 만나자고 청한 것입니다. 갑작스러웠던 것은 아니겠죠?"

"천만에요. 우선 부탁부터 말씀해 보세요. 제가 해드릴 수 있는 거면 최선을 다해 협조할 테니……."

영빈과 달리 김 사장은 영빈을 만났던 적이 없었다.

겨우 오 개월전에 건물 임대건으로 만난 게 두 번째였으니 그에 대해 아는 것도 많을 리 없었다.

하지만 김 사장은 이상할 정도로 영빈에게 관심이 많았다.

이미 영빈이 자신의 친구인 대학교수와도 모르는 사이임이 밝혀졌지만 김 사장은 전혀 화도 나지 않았다.

오히려 그렇게 찾아왔던 영빈의 재치에 감탄만 했을 뿐이었다.

말로 표현할 수 없는 무언가가 영빈에게 있다는 것을 처음 만나 이야기를 나눈 그때 알아차렸다.

사업가 이전에, 사람을 바라보는 통찰력을 지닌 그였기에 이는 더욱 명확했다.

기이한 매력을 지닌 영빈.

영빈에게 뿜어져 나온 기이한 매력과 아우라가 김 사장의 강렬한 감을 끌어당겼다고 훗날 그가 회고했지만 이는 나중의 일이다.

영빈은 김 사장을 향해 직접적으로 말을 꺼냈다.

"그냥 단도직입적으로 말씀드리겠습니다. 공장을 할 만한 건물을 하나 알려주십시오. 단, 조건은 이렇습니다. 첫째, 서울 인근이어야 한다는 것. 둘째, 선순위에 사채가 없어야 한다는 것. 셋째, 전력 수급이 편해야 한다는 것. 넷째, 층고가 5미터 이상은 되어야 한다는 것. 마지막으로 될 수 있으면 가격은 싸야 한다는 것입니다. 다른 사람은 몰라도 김 사장님이라면 이런 조건의 공장을 구해주실 수 있으리라 생각합니다만……."

"허… 허허허……."

이건 빚쟁이가 독촉을 하는 듯한 말투였다.

실로 어처구니가 없었는지 김 사장은 너털웃음을 터뜨리고 말았다.

그러다가 정색을 하며 말문을 열었다.

"그 조건을 맞춰 드리면 저에게 어떤 대가가 있습니까?"

"돈 가치로 환산하기 어려울 만큼 값어치있는 정보를 드리지요."

"으음……."

때때로 정보가 정말 돈보다 중요할 때가 있음을 김 사장은 알고 있었다.

게다가 자기가 느낀 영빈은 허투루 말하는 사내가 아니라는 점을 본능적으로 알아차리고 있었다.

그가 물었다.

"그렇다면 예산은 얼마나 잡고 계십니까? 공장이라면 기계설비까지 들어갈 테니 전부 포함해서 말씀해 보십시오."

"공장을 세워본 적이 없어서 얼마를 잡아야 할지 아직 갈피를 잡지 못하고 있습니다. 단지, 우리 회사에 공장장님으

로 오신 분의 의견에 따르면 시설비는 대략 일억 오천 정도
는 잡아야 한다더군요. 거기에 공장 임대 쪽에 예상하고 있
는 금액은 최하 오천만 원에서 일억 오천만 원까지입니다.
물론 월 임대료는 어느 정도까지는 감당할 수 있습니다.”

“으음……. 한 가지 여쭤봐도 괜찮겠습니까?”

“말씀하십시오.”

영빈의 말에 잠시 생각에 잠겨 있던 김 사장이 다시 입을
열었다.

“제가 알고 있기로 민 사장님께서는 유통 사업 쪽으로 시
작하신 걸로 알고 있는데 왜 갑자기 공장을 설립하시려는
겁니까? 그건 비용도 많이 들어갈 뿐더러 그만큼 위험성도
높을 텐데요?”

“저 역시 처음에는 색다른 유통망을 구축해서 하는 사업
을 구상했고 그렇게 시작했습니다. 그런데…….”

영빈은 김 사장에게 자신이 왜 공장을 세우려는지 그 이
유를 차분하게 설명해 주었다.

꽤 긴 이야기였지만 김 사장은 흥미진진한 얼굴로 그의
이야기에 귀를 기울였다.

그는 영빈이의 이야기에 따라 웃었다가 분노했다가 하면
서 깊이 빠져 들었다.

“으음……. 어딜 가나 그렇게 상도덕을 지키지 않는 인간

들은 있는 모양이군요. 저 같아도 그냥 넘어가지 않았을 겁니다. 하지만 나르시면 꽤 큰 회사인데 정말 싸우실 생각입니까?"

"물론입니다. 비록 제가 아직 어리고 우리 회사 또한 작고 보잘것없지만 그들에게 정의는 살아 있다는 것을 반드시 보여주고 말 것입니다."

영빈의 단호한 말에 김 사장은 알 수 없는 묘한 감동과 희열을 느꼈다.

비록 자신보다 한참 어렸지만 이 사람이라면 그게 가능할거라는 말도 안 되는 생각이 들 정도였다.

그래서였을까.

김 사장 역시 뭔가 결심한 듯 고개를 끄덕였다.

"이건 제 개인적인 생각이긴 합니다만 민 사장님이시라면 분명 그렇게 하실 거라는 믿음이 드는군요. 그래서 드리는 말씀인데 그 공장 자리… 제가 정말 좋은 곳을 알려 드리겠습니다."

"그게 정말이십니까?"

"하하! 당연하지요. 제가 설마 없는 것을 있다고 하겠습니까? 민 사장님께서 원하실 만한 공장인지는 확신할 수는 없지만 다들 탐낼 만한 공장이라는 것은 장담할 수 있습니다."

어지간해서는 절대 큰소리를 치지 않는 김 사장이 이렇게 자신있게 말하는 것은 그만큼 좋은 물건이기 때문이리라.

영빈은 속으로 그런 생각이 들자 역시 김 사장을 찾아오길 잘했다는 생각이 들었다.

3

"그런데 보증금은 얼마짜리입니까? 아무래도 워낙 빡빡한 예산으로 진행해야 해서 그게 가장 신경이 쓰입니다."

"언제나 배포가 두둑한 민 사장님께서 뭘 그렇게 조급하게 생각하십니까? 제가 누굽니까? 보증금은 일단 공장을 보고 민 사장님 마음에 들면 그때 가서 흥정을 해도 늦지 않습니다. 그러니 식사 후에 바로 가보도록 합시다. 참, 그보다는 이제 어서 정보나 풀어봐 보시죠."

김 사장의 말에 영빈은 괜히 마음이 편해졌다.

하긴 지난번 사무실을 얻을 때도 그 덕분에 얼마나 편하게 얻었던가.

가격도 저렴하게 말이다.

그가 이렇게 말을 한다는 것은 공장 주인과 아주 잘 안다는 뜻이었고 그건 가격 흥정할 때 그만큼 유리함을 의미했다.

"우선 제가 알려드리는 정보는 거의 확실하다는 것을 미리 말씀드리겠습니다. 절 믿고 그에 필요한 대책을 반드시 세워야 합니다."

"이거 괜히 긴장되는 군요. 알겠습니다. 비록 제가 민 사장님을 안 지 얼마 되지는 않았지만 헛소리할 분이 아니라는 것쯤은 충분히 느낍니다. 계속 말씀해 보시지요."

"감사합니다. 그럼 혹시 김 사장님께서는 금융 실명제가 뭔지 아십니까?"

이미 처음부터 영빈이 범상치 않은 젊은이임을 알고 있었지만 오 개월 만에 만난 지금은 훨씬 더 뭔가 있다는 생각이 드는 김 사장이었다.

기세도 그렇고 눈빛 하나 표정 하나가 그랬다.

때문에 영빈이 이렇게 서두를 떼자 김 사장은 왠지 모를 긴장감에 휩싸였다.

"금융… 실명제요? 글쎄요? 금융거래를 할 때 실명으로 거래하는 법 같은 건가요?"

"맞습니다. 선진국에서는 벌써 시행하고 있는 법입니다."

"그런데 갑자기 그건 왜……?"

뜬금없이 금융 실명제라니…….

김 사장은 영빈의 의도를 짐작할 수도 없었다.

이때까지만 해도 금융 실명제라는 말은 워낙 생소했던 단어기 때문이다.

"제가 알고 있기로 우리나라 사채업자들은 거의 대부분 차명계좌를 이용하는 걸로 알고 있습니다만……."

"그건 당연하지요. 있는 사람들은 세금을 피해 가려고 별 짓을 다 하니까요."

"만에 하나 우리나라도 금융 실명제를 실시한다면 그 사람들이 어떻게 행동할까요?"

영빈의 질문에 김 사장은 잠시 고개를 갸웃거리며 생각에 잠겼다.

이런 문제는 단 한 번도 생각해 본 적이 없는 종류의 것이었다.

"글쎄요……. 아직 무슨 말씀인지 잘 모르겠군요. 좀 더 시원하게 이야기해 주시면 안 될까요?"

"사실 누구라도 김 사장님처럼 처음에는 잘 모르는 게 당연합니다. 그럼 쉽게 설명을 해드리겠습니다. 금융 실명제란 말 그대로 모든 금융 거래를 실명으로 해야 하는 제도입니다. 그런데 문제는 그게 시행됨과 동시에 차명 계좌는 불법이 되어 버린다는 데 있지요. 예를 들어 돈 많은 사채업자들이 누군가에게 돈을 빌려줄 때 몇 사람의 차명을 이용하는 경우가 많습니다. 그런 사람이 금융 실명제가 시행되면 그 돈을 그냥 둘까요? 그냥 두었다가 차명계좌를 가지고 있는 사람이 그게 자기 돈이라고 우기면 그걸 인정할 수밖에 없게 됩니다. 차명임을 주장하는 순간 자신이 불법을 저지른 죄로 쇠고랑을 찰 테니까요."

"헉! 그, 그렇다면 그거 정말 심각해지겠군요. 차명으로 돈을 돌리던 사람들이 모든 자금을 회수하려 할 텐데 그런 일이 벌어지면 당장 저부터도 거래 정리를 해야 할 것 같습니다. 가만히 있다가 그런 돈이 빠져 나가면 타격이 클 테니까요."

역시 사업하는 사람답게 김 사장의 다행히 이해는 빨랐다.

그랬기에 영빈은 이야기하기가 수월했다.

"맞습니다. 특히 은행 돈을 쓰기가 불편해 사채를 주로 이용하던 중소기업들이나 어음을 받고 사채시장에 깡을 해야 하는 기업들은 엄청난 타격을 받게 되겠지요."

"생각할수록 정말 큰 문제가 될 확률이 높군요. 그런데 그런 이야기를 하시는 이유가 뭡니까? 우리나라는 아직 금융 실명제를 시행하지 않고 있습니다만……."

불길한 예감을 느끼면서도 김 사장은 애써 그것을 부인하려했다.

"제가 지난 오 개월 동안 뭘 했는지 아십니까? 어디서 어떤 일을 했었는지요."

"그걸 제가 어찌 알겠습니까?"

"사실은 우리나라 특수 부대의 일원으로 미국 CIA와 일을 했었습니다. 그때 CIA의 친해진 요원을 통해 이 정보를 입수 할 수 있었지요."

영빈은 김 사장에게도 충분히 증명할 만한 사실을 먼저 이야기한 다음 슬며시 거짓말을 섞어넣을 생각을 했다.

그가 미국 CIA와 일을 했었다는 것은 증명할 수 있는 사실인 것이다.

그들과 한 일은 이야기해 줄 수 없어도 말이다.

"허어……. 그런 일이……. 정말 민 사장님은 알면 알수록 날 놀라게 하는군요. 그렇다면 그 정보라는 게……?"

두리번두리번…….

"맞습니다. 올 8월 정부는 대통령 긴급 명령에 의거, 금융 실명제를 전격적으로 시행할 예정이라 합니다. 물론 아주 극비이니 절대 다른 사람에게 말하시면 안 됩니다. 자칫하면 제가 큰일을 당할 수가 있거든요."

영빈은 일부러 사방을 더욱 살펴보는 척 하다가 천천히 입을 열어 이런 충격적인 사실을 털어놓았다.

일식집 안에 단 둘이 있는 상황임에도 이렇게 조심스럽

게 입을 여니 김 사장은 사태의 심각성을 더욱 깊이 인지했다.

사기로 볼 수도 있을 법한 이야기지만 영빈이 보여준 실력이나 실제로 그가 판단하고 예측했던 일들, 그가 행보가 결코 운이 아니었음을 김 사장은 잘 알고 있었다.

그렇기에 이번 일도 사실일 가능성이 농후하기에 진지하게 고민하고 생각할 필요가 있었다.

어리지만 마치 미래를 아는 듯한 태도와 행동력을 보았기에 더욱 이는 확신으로 와닿았다.

"그게 사실이라면 정말 엄청난 정보가 아닐 수 없겠군요. 저부터 대비책을 마련해야겠습니다. 제 손님들 중에는 차명 계좌를 이용하는 사람들이 꽤 되거든요."

"그들에게 이 사실을 알려주면 큰일 나니 다른 방법으로 슬쩍 경고를 하세요. 가령 투자 건이 있으니 자금을 동결해 놓으라는 식으로……. 자금이 뭉쳐 있으면 실명제가 시행될 때 실명으로 바꾸기가 쉬울 테니까요."

영빈의 말에 김 사장의 고개가 연신 끄덕여졌다.

"아직 믿기지 않습니다만 저는 무조건 민 사장님의 충고에 따르겠습니다. 저 역시 차명 계좌가 몇 개 있거든요. 믿을 만한 사람들이긴 하지만 그때 가서 실명화하려다간 세금도 만만치 않을 것 같군요."

“맞습니다.”

“귀중한 정보 너무 감사합니다. 그건 민 사장님께서 그만큼 절 믿는다는 뜻같아 더 그렇습니다.”

“솔직히 이 정보를 알려드린 분은 김 사장님이 유일합니다. 다시 부탁드립니다만 절대로 다른 사람에게 말하시면 안 됩니다. 오늘이 5월 4일이니 불과 석 달 후의 일입니다. 제가 거짓말할 이유가 없지요. 겨우 석 달 후면 밝혀질 일이니까요.”

“저는 백 퍼센트 민 사장님을 믿도록 하지요. 자, 우리 이러지 말고 이제 어서 나갑시다.”

“어딜…….”

“공장을 보러 가셔야지요. 그것 때문에 절 보자고 한 것 아닙니까?”

“하하! 맞습니다.”

무슨 생각을 한 것인지 김 사장은 영빈을 독촉하더니 횟집을 빠져 나와 부랴부랴 성수동으로 차를 몰았다.

그가 소개할 공장도 성수동에 있었던 모양이다.

그런데…….

“이, 이게 김 사장님이 말씀하신 그 공장?”

“하하! 지금은 비록 창고 형태로 있지만 모든 것이 갖추어진 건물이라 바로 공장으로 쓰실 수 있을 겁니다.”

놀랍게도 그가 데리고 간 곳은 영빈이 최태식과 함께 보았던 바로 그 창고였던 것이다.

"이 창고는 엊그저께 저도 봤던 창고입니다. 그런데 선순위에 사채업자가 돈을 빌려준 걸로 되어 있던데……. 아까 말씀드린 대로 그 법이 적용되게 되면 사채를 쓴 건물은 위험성이 높거든요."

"하하하! 이거 참 우리는 정말 인연은 인연인 모양입니다. 그 사채업자가 바로 접니다. 사실은 돈을 빌려준 것이 아니라 이 창고의 실제 주인이 저이기 때문에 안전장치로 설정을 해두었던 것뿐입니다. 곧 명의도 제 앞으로 돌릴 것이니 설정은 자동으로 소멸되겠지요. 하하! 아무튼 민 사장님이 쓰신다니 앞으로 일 년 동안은 무상으로 이 창고를 대여해 드리겠습니다. 물론 일 년 후에는 보증금 및 월세를 내셔야 합니다."

"네에? 그, 그게 정말이십니까?"

"솔직히 민 사장님의 그 정보가 사실이라면 전 자칫 어마어마한 손해를 입을 수도 있었습니다. 석 달 뒤 민 사장님의 말씀이 사실임이 드러나면 공장 무상 임대 기간을 일 년 더 늘려 드리겠습니다."

김 사장은 사실 각계각층의 엄청난 사채업자와 관련이 많았다.

부동산 전문가이니 당연한 일이었다.

뿐만 아니라 그 역시도 수많은 돈을 차명으로 움직이고 있었기 때문에 이런 정보를 몰랐다면 상당한 손해를 입을 수도 있었고 그 액수는 이 공장의 가치보다 훨씬 클 수도 있었다.

아무튼 정보 하나 덕분에 영빈은 보증금은 둘째 치고 최소 이년간 월 이백만 원 이상은 이득을 보게 생겼다.

이 창고의 애초 세가 보증금 일억에 월 이백만 원이었기 때문이다.

최초 일 년은 이미 결정 되었고 나머지 일 년 역시 금융 실명제 시행이 확실한 이상 따놓은 당상 아니겠는가.

이로써 영빈은 나르시와 싸워서 이길 수 있는 확률이 더욱 높아졌다.

미래를 아는 힘…….

그건 갈수록 빛을 발하고 있었다.

Chapter **02**

공장 설립 (2)

1

똑똑~

"누구세요?"

"웨얼 아 민스 컴퍼니 코리아(여기가 민 컴퍼니 한국지사입
니까)?"

누군가 사무실 문을 두드리자 대꾸를 해 주었던 진영아
는 기가 찼다.

문 너머에서 들려온 대답이 영어였기 때문이다.

"아이 참~! 누가 온 건데 영어로 떠들지? 별일 아니면 가
만히 안둘 거야."

"하하! 참아 영아 씨. 그러다가 문 앞에 진짜 멋진 남자라
도 와 있으면 어쩌려고 그래?"

"됐거든요. 홍! 누가 보나 마나 장난을 치는 게 분명해요.
이런 사람들은 혼을 내줘야 해요."

벌컥!

자신을 놀리는 최상국의 말에 발끈한 진영아는 기운차게
사무실 문을 열었다.

그건 누구든 진짜 장난이면 가만두지 않겠다는 의지로
보였는데…….

"하이~! 레이디!"

"안뇽… 하세효……. 우린 미쿡에서 온 사람들…인니
다."

멍…….

잔뜩 벼르면서 문을 연 진영아는 그 자리에서 입을 딱 벌
린 채 어찌할 바를 몰랐다.

문 앞에는 건장한 미국인들이 네 명이나 서서 전혀 어울
리지 않는 귀여운 미소를 띤 모습으로 서 있었기 때문이다.

그중 구레나룻이 잔뜩 난 남자는 최근에 막 배웠는지 더
듬거리며 한국말로 인사를 해왔다.

"후, 후아유? 이, 이 말이 맞나? 아이, 참. 최 주임님! 어서
이쪽으로 와보세요. 전 영어를 못한단 말이에요."

"나도 못해! 고은서 주임님이 해봐요."

"저, 저 지금 바빠요."

그야말로 사무실은 삽시간에 혼란을 겪었다.

아니, 혼란이라기보다는 갑자기 조용해지고 있었다.

그럴 수밖에 없는 것이 누구 하나 영어를 할 수가 없었기에 당황했기 때문이다.

미국인들이 사무실 안으로 들어서고 있는데도 의사소통을 할 수 없는 사태가 벌어지자 모두들 답답해서 가슴만 칠 수밖에.

"저기요……. 아웃! 자꾸 들어오심 안 돼요. 더 들어오시면 폴리스… 폴리스 콜~!"

그나마 고은서가 몸짓을 섞어 가며 코리안 영어를 구사하자 미국인들이 어느 정도는 알아들었는지 잠시 멈칫했다.

그러더니 자기들끼리 떠들기 시작했다.

"여기가 분명히 맞아?"

"응, 맞아. 우리 보스께서 알려주신 주소대로 온 거라니까."

"그런데 왜 아무도 우리를 알아보지 못하지? 거 참 이상하네."

버나드의 말에 콘라드가 대꾸했다.

콘라드는 과거 태훈이 포로 시절 엉덩이에 상처를 입고 있을 때 연고를 빌려 주었던 대원이었다.

아마도 영빈은 평소 침착한 그에게 사무실 주소를 불러 주었던 모양이다.

"내가 뭐랬어? 그러니까 비행기를 탈 때부터 전화 먼저 하자고 했잖아!"

"그러게 말이야. 쯧……."

이번에는 대원들 가운데 가장 키가 컸던 길버트가 투덜거렸고 그의 말을 마지막 대원인 월터가 받아서 혀를 찼다.

"이제 와서 그런 말을 하면 뭐해. 어쨌든 여기서 기다리다가 보면 우리 보스께서 오시겠지. 그럼 되는 거 아냐?"

"아무튼 끝까지 잘했다네. 이래서 남부 녀석들은 답답하다는 소리를 듣는 거라고."

버나드가 느긋한 어조로 이렇게 말을 하자 길버트가 신경질 적인 어조로 한마디 했다.

그러자 버나드가 발끈했다.

"뭣이! 너 말 다했어?"

"어허……. 지금 여기 사람들이 모두 우리를 보고 있는 거 안보여? 만일 보스께서 오셨다가 우리들이 이러고 있는 꼴을 보면 퍽이나 좋아하시겠다. 당장 그만두지 못해?"

"쩝……."

"끙……."

결국 보다 못한 콘라드가 엄한 목소리로 이렇게 한마디 하자 장내는 다시 조용해졌다.

이제는 서로 눈빛만 봐도 무슨 생각을 하고 있는지 알 정도인 이들이었지만 아직도 가끔씩 이렇게 어린아이처럼 티격태격하는 경우가 있었다.

그리고 그럴 때마다 주로 콘라드가 말렸던 것이다.

"진짜 경찰에 알려야 하는 거 아니에요? 저 사람들 분위기가 무척 험악한 것 같잖아요."

"아니야. 서로 의견 차이가 있긴 했지만 결국 타협을 본 것 같아. 봐, 모두 지금은 조용하잖아."

거구의 미국 사내들이 서로 잡아먹을 듯 눈까지 부라리는 것을 보게 되자 잔뜩 겁을 먹은 진영아가 떨리는 어조로 이렇게 말했다.

그러자 고은서가 침착한 목소리로 그런 그녀를 진정시켰다.

하지만 누구 하나 지금의 사태를 어떻게 해결해야 할지 갈피를 잡지 못하고 있었다.

경찰을 부르자니 뭔가 찜찜했고 그냥 두자니 자신들이 업무를 보는데 방해가 되었으니 말이다.

"그럼 사장님께 호출이라도 해보세요. 혹시 사장님을 보기 위해 온 사람들인지도 모르잖아요.”

“아, 그래. 그거 좋은 생각이다. 잠시만…….”

진영아의 말에 고은서가 맞장구를 치더니 곧장 영빈의 호출기에 신호를 보냈다.

그런데 호출기 신호에 대한 응답은 전혀 엉뚱한 곳에서 들려왔다.

딸칵~!

“어이~ 나 왔어요. 누가 날 호출하는 거지?”

바로 영빈이 문을 열고 사무실 안으로 들어오면서 이렇게 외쳤던 것이다.

그러자 사무실 내에 있던 사람들의 모든 시선이 그쪽으로 향했는데…….

“보스!”

“이런……. 여러분들 벌써 오셨군요! 이거 정말 반갑습니다!”

“보고 싶었습니다. 보스!”

덥석~!

거구의 사내들이 영빈이를 보자마자 마치 어린아이들처럼 일제히 달려들더니 포옹을 했다.

그런데 그 모습이 그렇게 살벌할 수가 없었다. 아마 보통 사람이었다면 기절을 했을 지도 모를 만큼 우악스럽고 거

칠었기 때문이다.

하지만 영빈은 마치 그도 아이가 된 것처럼 그 거친 사내들을 얼싸 안고 마냥 좋아했다.

그 역시 그만큼 반가웠기 때문이다.

"자자……. 이제 그만 진정합시다. 여기는 우리 직원들도 있으니 우선 인사부터 해야죠."

"네, 보스!"

"어허, 또 보스라고 하시네. 아무튼 좋아요. 잠시만요. 우리 직원들에게 소개할 테니……."

보스라는 단어도 사장이라는 의미가 있어 큰 문제가 있는 것은 아니었지만 영빈은 그 말의 어감이 그리 마음에 들지 않았다.

자신이 무슨 범죄조직의 수장이라도 된 기분이 들었기 때문이다.

하지만 지금은 그런 것을 따질 상황이 아닌지라 일단 이렇게 말을 하고는 한국 직원들을 바라보았다.

"다들 놀라셨죠? 여기 이분들은 우리 회사 미국 지사의 임원들이라고 생각하면 될 겁니다."

"미, 미국 지사요? 우리 회사는 이제 막 생긴 회사인줄 알았는데 미국 지사도 있었습니까?"

직원들은 두 번에 걸쳐 놀랐다.

첫째는 자신들의 어린 사장의 유창한 영어 실력에 놀랐고 또 하나는 미국에도 회사가 있다는 사실에 놀란 것이다.

처음 입사할 때만 해도 오래가기 힘든 회사가 아닐까 고민을 많이 했었는데 가면 갈수록 이 회사는 감추어진 저력이 많은 것 같아 괜히 가슴이 두근거리기도 했다.

"하하하! 그렇게 되었습니다. 미국 역시 이제 막 시작한 지사라고 해야겠지만 앞으로 엄청나게 성장할 곳이기도 합니다. 만일 여러분들이 회사를 위해 열심히 일을 하신다면 미국 지사 견학도 하게 될 것입니다. 뿐만 아니라 연수도 할 수 있으니 앞으로도 더욱 최선을 다해 주십시오."

"알겠습니다!"

미국 연수라니…….

그야말로 이들에게는 꿈과 같은 이야기였다.

대학을 나온 것도 아니고 좋은 직장을 다녔던 적도 없었을 뿐 아니라 최근까지도 소위 공돌이 공순이라 불리며 무시당했던 그들 아니었던가.

그런 그들이 마침내 희망을 보게 되었다.

비록 사장도 어리고 회사도 갓 세워진 신생회사였지만 이들에게는 그야말로 꿈에 그리던 회사가 되어가고 있었다.

2

　직원들과의 인사가 어느 정도 끝나고 나자 영빈은 미국 팀과 함께 회의실로 들어갔다. 아무래도 여러 명이서 함께 대화를 나누기에는 이곳이 가장 편했기 때문이다.

　"갑자기 와 달라고 해서 놀라셨죠?"

　"놀라기보다는 너무 기뻤습니다. 그렇지 않아도 요즘 심심해서 죽을 뻔했거든요."

　"하하, 다행입니다. 아무튼 이렇게 먼 길을 오시느라 고생들 하셨습니다. 그런데 못 본 사이에 신수들이 훤해지셨습니다!"

　영빈과 헤어질 무렵까지도 검은 양복만 입고 다니던 사람들이었다.

　그런데 지금은 모두 각자 개성에 맞춰서 무척이나 고급스러운 정장을 차려입고 왔으니 영빈이 이렇게 말하는 것도 무리는 아니었다.

　"사실은 저희 모두 퇴직금으로 새 옷을 맞췄습니다. 어쨌든 보스의 나라를 방문하는 데 구질구질하게 하고 올 수는 없지 않겠습니까?"

　"회사에 남겨둔 돈으로 사셔도 되는데 왜 퇴직금을 썼습니까? 그 백만 달러는 여러분들이 써도 아무 상관없는 돈입

니다. 애초에 여러분들의 활동 자금으로 남겨 두었던 것이
니까요. 물론 이쪽 회사의 문제로 제가 어느 정도 쓸 수밖
에 없는 상황이긴 합니다만 그렇다고는 해도 기본적인 생
활비로는 충분 했을 텐데……."

영빈이 애초부터 굳이 이들에게 돈을 가지고 와 달라고
한 것에는 이유가 있었다.

이 무렵만 해도 해외로 나가는 자금이나 들어오는 자금
은 모두 국세청에 통보가 되기 때문이다.

1996년부터는 해외에도 백만 달러까지 투자가 가능했지
만 이 시기에는 어림도 없는 일이었다.

만에 하나 영빈의 통장으로 백만 달러가 갑자기 들어왔
다면 당장 세무조사와 자금출처 조사부터 나올지도 모른
다.

그런 번거로움을 피하기 위해서라도 이들이 오는 것이
편했다.

그가 법적 대리인을 굳이 만들어서 미국 내 사업을 하는
것도 같은 맥락이었다.

시간이 지나게 되면 이런 문제도 간단해지지만 이 시기
까지는 그런 면도 소홀히 해서는 안 되는 것이다.

"무슨 말씀을요. 그건 엄연히 사업 자금 아닙니까? 사실
보스께서 한국으로 돌아가시고 저희도 나름대로 사업거리

를 열심히 구상해 보기는 했습니다만 역시 저희는 안 된다는 결론을 내렸습니다. 아무래도 군인으로 살아온 시간이 기니까요. 해서 보스께서 새로운 사업이나 일거리를 주시기 전까지는 최대한 자금은 그대로 지키기로 결정을 했던 것이지요. 그러던 차에 보스께 자금이 필요하다는 말을 전해 듣고 모두 가져왔으니 필요하신대로 쓰십시오. 아참 한 가지 더……."

"…뭡니까?"

대표로 나서서 열심히 설명하던 버나드가 말을 끝맺으려 하자 길버트가 그의 옆구리를 쿡쿡 찔렀다.

뭔가 빠진 말이 있었던 모양이다.

영빈은 이들의 행동에 궁금증이 일어났지만 우선은 침착하게 다시 물었다.

"저희가 준비해 온 돈이 모두 백팔십만 달러입니다."

"네? 아니, 어째서 그렇게 많아진 거죠?"

이 당시 환율이 달러당 약 800원 정도 했다.

즉, 백만 달러면 8억여 원 정도의 가치가 있었으니 백 팔십만 달러면 약 14억 4천만 원 정도 될 터였다.

그야말로 어마어마한 돈인 것이다.

하지만 돈의 가치보다 영빈이 더 놀란 이유는 바로 백만 달러가 거의 두 배 가까이로 불어난 데 있었다.

“사실은 저희가 모두 퇴직금을 받았는데요. 그동안 생명 수당에다가 부국장님의 특별 배려가 포함되서 생각보다 액수가 많이 나왔더라고요. 그래서 각자 집에서 쓸 돈을 제외한 나머지를 회사에 투자하기로 결심했습니다. 그러니 보스께서 알아서 관리해 주십시오.”

“이 사람들이……. 당신들이 결국 날 울리려고 하는군요.”

말이 좋아 투자지 이들은 사실 영빈의 연락을 받고 이미 한국에서 자신들의 보스가 곤란에 처했음을 눈치채고는 모든 재산을 털어가지고 온 것이 분명했다.

그것을 깨달은 영빈은 감동을 하지 않을 수가 없었다.

말이 그렇지 누가 남을 위해 이렇게까지 할 수 있겠는가.

흔히 누군가에 대한 충성이나 애정이 자신의 모든 것을 털어낼 만큼의 가치나 행동을 이끌어내는 경우는 많지 않다.

하지만 영빈에 대한 이들의 반응은 그 많지 않은 경우를 보이고 있었다.

“에이~ 별것도 아닌데 뭘 그러십니까? 아무튼 전쟁에서도 그렇고 사업에서도 그렇고 탄환이 충분해야 이길 수 있죠. 저희는 그저 우리 보스께서 지는 꼴을 볼 수 없었던 것뿐입니다.”

"제가 그렇게 부실해 보입니까?"

"너무 완벽해서 문제죠. 이럴 때 아니면 언제 저희가 보스에게 조금이라도 도움을 드릴 수 있겠습니까?"

"그런가요? 하긴 이럴 때 당신들이 가져온 돈은 제게 큰 힘이 되긴 할 것 같군요. 모두 진심으로 감사합니다."

이들 사이에 돈은 그야말로 아무것도 아니었다.

미국 CIA출신 직원들은 모두 영빈이에게 목숨 빚이 있다.

다들 의리를 알고 은혜를 아는 진짜 사나이들이었기에 그 빚은 죽을 때까지 갚아도 모자란 다고 생각하고 있었다.

그런 사람들에게 돈이 무슨 대수겠는가.

이렇게라도 해야 조금이라도 마음의 부담이 줄어든다고 여길 뿐이었다.

그것을 알기에 영빈도 그 돈이 모두 필요하지 않았지만 굳이 거절하지 않았다.

"그런데 보스, 저희가 별도로 해야 할 일이 무엇인가요?"

"그건 곧 자세히 알려드릴 것입니다. 우선 당신들에게 유능한 통역사부터 붙인 다음에 일에 착수해야 할 것 같으니까요."

"하긴 그렇네요. 무슨 일을 하든지 말을 못 알아들으면 소용없으니……."

영빈은 이미 이들이 오기 전부터 이들과 함께 움직일 수 있는 사람을 구하고 있었다.

이들만큼 은밀하게 움직일 수 있으면서 통역까지 가능한 사람은 역시 특수부대 출신들밖에 없었다.

그렇기에 그는 기훈이와 미스 존을 통해 그쪽 출신의 사람을 은밀히 수배 중이었다.

"그렇습니다. 우선 그 전에 여기에서 일어난 일에 대해서 먼저 설명을 해드릴 테니 잘 들어보세요. 사실 여기 엘프 쥬얼리라는 회사는 여러분을 만나기 직전에 설립한 회사였습니다. 그런데……."

영빈은 이들도 이제 알아야 할 권리가 있다고 생각했기에 이처럼 회사 설립 시기부터 이야기하기 시작했다.

그가 기발한 아이디어를 통해 소자본으로 이런 회사를 만들어서 이끌어 왔다는 소리를 듣자 다들 감탄하며 이야기에 더욱 집중했다.

거기다가 한 달 매출이 근 일억에 달한다는 소리를 듣자 경악하고 말았다.

거기에 과연 자신들의 보스답다는 생각이 들었던지 연신 고개를 끄덕였다.

"그래서 저는 그들을 용서할 수가 없다는 결론을 내렸습니다. 제 생각이 잘못된 걸까요?"

"잘못되기는요! 저 같으면 벌써 쫓아가서 나르시의 사장을 찾아내 머리통에 총알구멍부터 냈을 겁니다!"

"맞습니다! 그런 놈은 그냥 확~! 반 토막을 내주어야 합니다."

이야기가 나르시에 관한 곳으로 돌아가자 너도 나도 흥분해서 한마디씩 했다.

그들의 가치관에 따르면 그런 인간들은 도무지 용납이 안 되었다.

"그런 놈들 때문에 우리 손에 피를 묻힐 필요는 없습니다. 눈에는 눈, 이에는 이입니다. 그들이 우리를 망하게 하려고 했으니 나 역시 그들을 철저하게 망하게 하겠다는 뜻입니다. 여러분들은 그 일에 도움을 주십시오."

"어떤 일이든 시켜만 주십시오! 보스!"

"시켜만 주십시오!"

회의실 안에서 나누는 이야기였지만 이들이 우렁차게 이렇게 대꾸하자 사무실 전체가 들썩거렸다.

그때였다.

화기애애한 분위기가 연출되는 상황에서 누군가가 회의실 문을 두드렸다.

똑똑…….

"무슨 일이오?"

“이 실장입니다.”

“아, 어서 들어와.”

외근을 나갔던 이재호가 이제 막 돌아온 모양이었다.

사실 다른 직원들은 몰라도 이 실장은 이미 영빈을 통해 미국 직원들에 관한 이야기를 들은 바 있었기에 큰 거부감 없이 자연스럽게 그들과 인사를 나눌 수 있었다.

물론 이들의 진짜 정체는 몰랐지만 말이다.

“자, 오늘은 우리 한국 직원들과 미국 직원들이 처음으로 함께 만났으니 거하게 회식을 합시다. 특별한 일이 없는 한 모두 회식에 참석해 달라고 전해주세요, 이 실장님.”

“알겠습니다, 사장님!”

그리고 그 날, 그들은 회식자리에 모여 그야말로 밤새 달리고 또 달렸다.

그 결과 단 하루 만에 말도 잘 통하지 않는 양국의 직원들은 영빈의 지휘 아래 진정한 하나가 될 수 있었다.

3

“왜 하필 이런 곳에서 만나자고 했을까? 나야 공기가 맑아서 좋긴 하다만 어째 이상하네.”

초겨울의 남산은 한적했다.

영빈은 가뿐한 기분으로 남산을 오르며 혼자 이렇게 중얼거렸다.

사실 오늘 영빈은 기훈과 미스 존 그리고 또 한 사람을 만나기로 되어 있었다.

약속 장소를 남산으로 하는 바람에 올라가면서도 의아해하던 중이었다.

중요한 이야기를 나누어야 하건만 만남 장소가 이런 야외라니…….

"혹시 그 사람이 날 시험해 보고 싶어서 그런 것 아닐까? 흐음……. 그쪽 출신들은 자신보다 강한 사람의 말을 듣기 원한다던데 그 때문이 아닐까? 쯧, 아무튼 올라가 보면 알겠지."

남들은 몰라도 그의 입장에서 시험이란 그야말로 몸 풀기 정도도 되지 않을 게 뻔했다.

그렇다곤 해도 기대감 때문일까.

영빈의 입가에는 가벼운 미소가 어렸다.

"후아~ 좋다. 여기서 보는 서울 시내는 그래도 볼 만하다니까. 공기도 아주 나쁘지는 않고……."

―주인아. 오늘은 여기서 훈련하는 거야?

영빈이 크게 기지개를 켜며 이렇게 중얼거리자 갑자기 샐러맨더가 톡 끼어들더니 눈치없이 떠들었다.

―야! 불귀신아! 그걸 지금 질문이라고 하는 거야? 장소
를 보면 모르겠니? 훈련하기에 딱 좋은 곳이잖아.

'아이고 두야……. 이것들이 이제 시도 때도 없이 튀어나
와서 떠드는구나. 다들 조용히 하지 못해! 누가 훈련을 한
다는 거야. 지금 이 주인님은 중요한 손님을 만나야 한다
고. 그러니 다들 어서 얌전히 들어가 있어!'

이번에는 실피아까지 합세해서 시끄럽게 굴자 결국 영빈
은 소리를 지르고 말았다.

정령들의 능력이 올라갈수록 자의식도 높아져서 그런지
이들은 이제 영빈과 친구 같은 느낌으로 다가오고 있었다.

쉽게 이야기해서 처음에는 너무 단순해서 시키는 일 외
에는 별다른 의사소통이 되질 않았지만 이제는 이들도 스
스로 생각을 할 줄 알고 판단도 가능해졌다.

그렇다 보니 예전 같으면 소환을 해야 모습을 드러내고
그것도 그다지 협조적이지 않던 정령들은 시도 때도 없이
나타나 영빈과 교감을 시도해온 것이다.

이는 곧, 영빈이 더욱 심심해 질이 없어졌다는 뜻이다.

어떻게 보면 버릇이 없어진 것 같지만 오히려 이들과의
교감이 높아졌다는 반증이기에 영빈은 불쾌하기는커녕 오
히려 내심 기쁘기만 했다.

―하지만 주인님, 오늘같이 날씨도 좋고 기분도 좋은 날

에는 역시 훈련이 제일 좋지 않을까요?

―맞아, 맞아. 역시 운다인이 똑똑하다니까.

그러나 운다인까지 나서서 자꾸만 그를 훈련 쪽으로 몰고 가려 하자 결국 영빈은 한숨을 내쉬며 채찍 대신 콘쵸를 내밀 수밖에 없었다.

'내가 졌다, 이 녀석들! 다들 조용히 꺼져주면 오늘 저녁에 콘쵸를 실컷 먹게 해줄게.'

―와아아아~ 역시 우리 주인님이 최고!

―거봐, 우리 주인놈은 귀찮게 해야 뭔가 나온다니까. 히히~!

영빈이 항복에 다들 신이 났다.

그 모습에 약이 오른 영빈이 막 소리를 지르려던 찰나 하나의 기감이 그를 스쳤다.

'쉿! 누군가가 다가온다.'

―주인님을 향해 내뿜는 살기가 보통이 아닌데요? 아무래도 적이 등장한 것 같습니다.

'적은 아니야. 살기는 맞지만 그 속에 포함되어 있는 의지가 약하거든. 이는 저자가 나를 노리기는 하지만 죽일 생각이 있는 것은 아니라는 뜻이지. 어쨌든 내가 해결할 테니까 너희는 이제 사라졌다가 저녁에 보기로 하자.'

자신들의 주인이 자신들보다 월등한 기감을 가지기 시작

했다는 사실을 깨달은 정령들은 그야말로 기절초풍할 만큼 놀랐다.

그래서인지 영빈의 이번 명령에는 감히 뭐라고 하지도 못한 채 곧바로 수긍했다.

―알겠습니다, 주인님. 그럼 이따가 뵐게요.

―이따 봐~!

스르르…….

그렇게 정령들이 사라지고 나자 영빈은 걸음을 조금 빨리했다.

자신을 노리는 자를 좀 더 인적이 드문 곳으로 유인하기 위해서였다.

어차피 그자는 설마 자신의 표적이 벌써 자신을 발견했으리라 상상도 못하고 있었기에 아무 의심 없이 영빈의 뒤를 따르고 있었다.

'훗……. 여기라면 편안하게 상대해 줄 수 있겠군. 좋아, 그렇다면 슬쩍 허점을 노출시켜 보실까…….'

바스락…….

영빈은 인근에 사람이 없음이 확인되자 일부러 나뭇가지를 밟으며 온몸에 허점을 드러냈다.

아니나 다를까.

영빈을 노리던 자가 짧은 기합성과 함께 매서운 기세를

뿜어내며 날아들었다.

"합!"

슈우욱~!

"이크……."

슬쩍…….

특별한 훈련을 받은 사람은 온몸이 무기이다.

특히 멀리서 날아들며 차오는 기습 공격은 그야말로 강력한 파괴력을 가지고 있었다.

하지만 그 어떤 무서운 공격도 상대가 맞아야 효과를 발휘 하는 법.

기습자의 발차기는 무서웠지만 영빈은 그것을 너무도 쉽게 피해 버렸다.

"야얍~!"

슈숙~ 숙!

이 사람은 원래 발차기가 주특기인지 영빈이 피한 것을 보자마자 다시 빠르게 접근을 하면서 쉴 새 없이 발로 공격했다.

움직임이 거의 보이지 않을 만큼 빠른 놀림이었다.

"휴우……. 과연 대단하네요. 하지만 무조건 빠르다고 다는 아니지요."

마치 물이 흐르는 것처럼 영빈의 몸놀림은 정말로 자연

스러웠다.

그렇게 빠른 것도 아니건만 기습자는 마치 허깨비를 상대 하는 것 같은 괴이한 느낌을 받고 있었다.

미친 듯이 공격해 봤자 자꾸만 허공만 차게 되니 이상할 만도 했다.

그렇게 얼마나 지났을까…….

뚝…….

"피하는 것 말고는 할 줄 아는 게 없소?"

마침내 지친 것인지 아니면 같은 상황이 반복되는 게 지겨워졌던 것인지 기습자가 이렇게 말문을 열었다.

"제가 공격을 하면 다치실 텐데요? 그냥 이쯤에서 그만두시죠?"

"내가 그렇게 허약해 보이나? 당신이 얼마나 강한지는 몰라도 나 역시 그렇게 호락호락하지는 않을 것이다. 차앗!"

팟!

팍팍!

말이 끝남과 동시에 또다시 기습자의 거세고 빠른 공격이 이어졌다.

하지만 영빈의 눈으로 보면 그건 그야말로 굼벵이가 구르는 수준도 아니었으니…….

"하암……. 그것 참……. 한 대 맞고 나중에 뭐라고 하지 마쇼?"

툭!

"컥!"

스르르… 쿵!

정신없이 왔다 갔다 하며 공격하던 기습자를 향해 영빈이 마치 장난처럼 오른손을 슬쩍 뻗었다.

그러자 어디를 맞은 것인지 기습자는 외마디 비명과 함께 옆으로 힘없이 쓰러져 버리는 것 아닌가.

"형, 구경 다했으면 나와. 이 허약한 아저씨 정신 좀 차리게 해야지. 형수도 나오시죠. 놀란 꿩처럼 엉덩이만 하늘로 올린 채 숨어 있으면 모를 줄 압니까?"

기습자가 쓰러지자마자 영빈은 숲속 방향을 바라보며 이렇게 한소리 던졌다.

그러자 머쓱한 표정의 기훈이와 도끼눈을 뜨고 투덜거리며 미스 존이 등장했다.

자신들은 최대한 은밀히 움직이며 숨어 있었지만 영빈의 영민한 이목을 속일 수는 없었던 것이다.

"거참……. 누가 괴물 아니라고 할까봐. 넌 어째 갈수록 무서워지냐? 세상에 누가 너와 싸워서 이기겠어?"

"누가 형수라는 말이야! 치이……."

게다가 영빈이 미스 존을 형수라고 부르자 미스 존이 투덜거리기는 했지만 그다지 싫어하는 눈치가 아니었다.

뿐만 아니라 기훈은 그의 호칭에 대한 거부감이 전혀 없는지 그저 생글거리기만 했다.

이로 보아 두 사람의 관계가 조금은 발전했음을 알 수 있었다.

찰싹~! 찰싹~!

"선배님! 선배님 어서 일어나시지 말입니다! 여기는 선배님 집 안방이 아니라고요!"

"으음……. 으… 헛!"

벌떡!

기훈이 기습자의 귀싸대기를 좌우로 갈기며 깨우자 한참 동안 정신을 못 차리던 그가 간신히 눈을 떴다.

그러더니 조금 전의 상황이 떠오른 것인지 갑자기 벌떡 일어나며 경계 태세를 취했다.

"여, 여기가……."

"거봐요. 내가 그렇게 말렸잖아요. 해봤자 될 일이 아니라고……. 그런데 단 한대도 못 맞추고 이게 뭡니까? 쪽팔리게……."

"크윽! 대, 대체 내가 뭐에 맞은 거지? 쇠뭉치 같은 게 머리를 친 것 같은데……."

기습자는 기훈이와 같은 부대 출신이었는지 기훈에게 선배 소리를 듣고 있었다. 그는 아직도 정신이 멍한지 고개를 마구 휘저으며 이렇게 중얼거렸다.

"쇠뭉치는 무슨……. 제 아우의 알밤 한 대에 그 지경이 된 거라고요. 어서 일어나서 인사나 하시죠. 어쨌든 이제부터는 선배님의 고용자시니……."

"으음……. 반갑소. 난 김강식이라 하오."

"반갑습니다, 민영빈입니다."

목소리부터가 묵직한 사내.

겉으로 보이는 외모에서부터 서기가 살며시 어려 있는 눈빛까지 무엇 하나 부족함이 없어 보이는 모습.

비록 영빈에게는 맥없이 당했지만 지금도 기훈이 부대 안에서는 전설로 통하는 사내, 김강식이 정중한 태도로 영빈에게 고개 숙이고 있었다.

4

미국팀이 합류함으로 인해 자금에 큰 여유가 생긴 영빈은 얼른 창고부터 임대했다.

남대문의 박 사장이 뒤통수를 치는 바람에 공급에 막대한 차질이 빚어져 여기저기서 물건 달라고 아우성인 상황이었다.

그러니 가장 시급한 문제가 바로 공장 설립일 수밖에 없었다.

"여기는 이렇게 해서 공간을 확보해 주시고 이쪽으로는 전력 수급에 문제가 없도록 케이블 선을 깔 수 있도록 아예 도면에 표시를 해주십시오."

"아……! 그런 방법도 있었군요. 그런데 정말 민 사장님께서는 대단하십니다. 공장 내부를 이렇게 효율적인 공간으로 나누시는 분은 처음 봅니다. 그것도 일반인이 말입니다. 혹시 건축학을 전공하신 거 아닙니까?"

"부끄럽게 그런 말씀을……. 그냥 혼자 연구하다 보니 이렇게 하는 게 가장 효율적일 것 같다고 생각한 것뿐입니다."

영빈은 창고를 개조해서 공장으로 바꾸기 위해 가장 먼저 설계사무실을 찾았다.

그리고 이곳의 소장과 함께 공장 설계에 대해 한참 상의 중이었던 것이다.

비록 영빈이 공장에 대해 잘 아는 바는 없었지만 어쨌든 그의 머릿속에 들어 있는 지식은 모두 이십 년 후 미래의 지식이다.

건축 설계를 모르고 있다 해도 공간 배치 개념이 남다를 수밖에 없는 것은 자명한 일.

"아무리 혼자 연구 깊이 연구한다 해도 이런 세세한 부분까지 생각해 내시다니 정말 놀랍습니다. 어떤 면에서는 오히려 저희보다 낫습니다."

"과찬의 말씀이십니다. 아 그리고 한 가지 제안이 있습니다."

"제안이요?"

"네, 이건 꼭 하지 않으셔도 괜찮기는 합니다만 해주시면 더욱 좋겠지요."

"허어……. 이거 민 사장님은 은근히 사람 괴롭히는 재주가 있으십니다그려. 우선 들어나 봅시다."

하지 않아도 된다면서 해주면 좋다라니…….

그야말로 해달라는 말보다 더 무서운 말이었다.

물론 말하는 대상에 따라서 다르겠지만 이곳 설계사무실의 소장 윤인태는 획기적인 아이디어를 가지고 있는 이 젊은 사장에 대해 부쩍 호기심이 늘고 있는 상태인지라 그의 제안을 듣지 않을 수가 없었다.

"원래 이 창고의 높이는 5미터입니다. 하지만 우리가 당장 필요로 하는 장비와 기계들의 높이는 기껏해야 2미터 내외입니다. 무려 삼 미터나 남지요. 물론 향후 계획하고 있는 일 때문에 고가 높은 것이 나쁜 것은 아닙니다만 확실히

남는 공간은 아까울 수밖에 없지요. 해서 드리는 말씀인
데……."

"……?"

영빈이 잠시 뜸을 들이자 윤 소장의 상체가 앞으로 나왔
다. 궁금함이 치밀어 더욱 가까이 듣기 위해서이다.

"내부 한쪽을 복층 구조로 설계해 주십시오."

"복, 복층 구조요?"

2012년 무렵에야 복층 구조의 건물이 비일비재했지만 이
시기만 해도 복층형의 건물이 그리 흔하지는 않았다.

대부분 건물을 짓는 건설 시행사들이 자신들의 마진을
극대화할 수 있는 구조로 건물을 지어도 분양이 쉬웠기 때
문이다.

그래서인지 윤 소장의 눈이 더욱 커졌다.

"네, 이쪽 출입구 위로 그려주시면 될 것 같은데……. 힘
들까요?"

"그건 아니지만……. 그렇다면 그쪽에 올리게 되는 구조
물은 어떤 용도로 사용하실 생각이십니까?"

"앞에 계단을 만들어서 사무실로 쓸 생각입니다. 그렇게
할 수만 있다면 공간 활용이 훨씬 높지 않을까 싶은
데……."

"물론입니다. 일층에 사무실을 넣을 경우 그 주위까지 점

유해야 하니 쓸 수 있는 사무실 면적에 비해 실제 차지하는 면적은 더 커질 수밖에 없지요. 그런데 만일 그런 사무실을 공중으로 띄운다면 그 효과야 말할 게 없습니다. 그런데 그 공간 안에 화장실도 만드실 건가요? 제 생각에는 화장실을 넣고 안 넣고에 따라 공사비 차이가 많이 날 것 같습니다만……."

확실히 설계를 하는 사람이라 그런지 윤 소장의 건물에 대한 이해도는 높았다.

그래서인지 비전문가인 영빈의 말에 금방 화장실 문제까지 꺼내는 세심함을 보였다.

"비용 차이가 나는 게 당연하겠지만 전 넣었으면 합니다. 비록 아직 대단한 공장이라고 할 수는 없지만 최소한 직원들이 근무하는데 불편함을 느끼는 공장을 만들고 싶진 않거든요."

"역시 그러시군요. 하지만 이것은 꼭 생각해 보셔야 할 겁니다."

"뭘 말입니까?"

"지금 공장으로 개조를 하려는 건물은 어쨌든 임대 창고 아닙니까? 만에 하나 계약 만료가 될 경우 건물 주인은 민 사장님께서 필요에 의해 만든 구조물에 대해서는 돌려주지 않을 겁니다. 즉, 그 창고의 임대 계약이 끝날 경우 재임대 계약을 하지 않고 떠나시면 지금 들어가는 비용은 모두 사라질 수 있다는 말입니다.”

이 설계 사무소를 소개해준 사람이 바로 창고 주인인 김 사장이었다.

하지만 설계사는 거기까지는 잘 모르는 모양이다.

어쨌든 영빈이 그의 이야기를 듣고 공사를 하지 않겠다고 하면 자신도 손해를 볼 수 있는 일이다.

그럼에도 불구하고 이렇게까지 솔직하게 말해주는 것을 보면 확실히 윤 소장이라는 사람의 됨됨이가 정직하고 자신의 일에 대한 바른 윤리관을 가지고 있음을 드러내고 있었다.

입 다물고 그저 시키는 대로 설계만 해준다고 해서 누가 뭐라 할 사람은 없는 것 아니겠는가.

“하하하! 소장님께서는 진심으로 저를 위해 조언을 아끼지 않으시는군요. 이거 너무 감사 합니다. 그 마음 잊지 않겠습니다. 그리고 그 문제는 걱정하지 마십시오. 설혹 임대 기간이 끝나서 지금 하려는 공사 비용을 전혀 받지 못한다 해도 전 절대 후회하지 않을 자신이 있거든요.”

“그, 그런 각오까지 하고 계신다면 저도 말릴 필요가 없겠군요. 좋습니다. 최선을 다해서 민 사장님 마음에 쏙 들 수 있도록 해드리겠습니다. 참, 그런데 시공사는 구하셨습니까? 공장 전문 시공사를 선정하는 게 편하실 텐데……."

설계도 중요하지만 누가 짓느냐 역시 무척 중요한 문제였다.

물론 여기저기 수소문해서 믿을 만한 업체를 소개받을 수도 있다.

하지만 영빈은 윤 소장이 보여준 성품을 믿고 시공사 선정의 문제 또한 그에게 맡겨보기로 했다.

"소장님께서 시공사까지 알아서 선정해 주십시오. 아무래도 이쪽 일은 전문가시니 믿을 만한 곳이 있을 것 아닙니까?"

"물론 진짜 공사를 잘하는 업체가 한 군데 있긴 합니다만 한 가지 단점이 있습니다."

"어떤 단점이요?"

"단가가 다른 데보다 비쌉니다. 물론 많이 차이 나는 것은 아닙니다만……."

"얼마나 차이 나는 데요?"

"지금 같은 경우 구조 변경을 하는 것이니 그나마 조금 낫겠지만 그렇다고 해도 평당 오만 원은 차이가 날 겁니다."

지금 영빈이 공장으로 전환시키는 데 필요한 구조 변경 총 면적이 약 500여 평이다.

단순히 공장으로 구조 변경을 하는 일이라 건축비와는 비교도 할 수 없을 만큼 가격은 낮았다.

하지만 그 가운데 평당 오만원이 더 비싸다면 최소한 2,500만 원이 더 비싸다는 뜻이니 그 차이가 결코 작다고 할 수는 없었다.

"어째서 그렇게 비쌉니까?"

"그 회사 사장이 제 친구 녀석인데 건축에 대한 고집이 있거든요. 비싸게 짓는 대신 좋은 재료와 노련하고 뛰어난 기술자들을 동원합니다. 거기에 철저한 애프터서비스를 내세우고 있지요. 요즘 사람들은 약아서 일단 싼 것을 선호한다고 해도 절대 바꾸지 않습니다. 거기가 싫으시면 다른 곳에 이야기하겠습니다만……."

"고집이 마음에 듭니다. 무조건 그 친구분에게 시공을 맡겨주십시오. 필요하다면 단가를 더 드릴 수도 있으니 최고의 공장이 될 수 있게 해달라고도 부탁해 주세요."

영빈은 전혀 모르는 사람이었는데도 왠지 그 시공사 사장이 마음에 들었다.

그 정도라면 일을 확실하게 할 수 있을 거라는 판단이 들었던 것도 있지만 일에 대한 고집을 보이는 점이 가장 매력적으로 끌리는 부분이었다.

그러자 윤 소장은 과연 그렇지 라는 뜻으로 고개를 끄덕이며 다음과 같은 말을 첨가했다.

"그 녀석이 꽉 막힌 녀석인지라 답답하긴 합니다만 한 번 공사를 해본 사람들은 다른 사람들에게도 적극 추천하고 있어서 일거리는 많은 편입니다."

"훗……. 알겠습니다. 아무튼 시간이 급하니 최대한 빨리 부탁드립니다."

영빈이 마지막으로 이렇게 당부하자 윤 소장은 환한 웃음으로 대답을 대신했다.

Chapter 03

약점을 찾아라!

1

　한쪽에는 큰 책상 하나가 놓여 있었고 가운데는 고급스러운 소파와 테이블이 놓여 있는 것으로 보아 여기는 개인이 사용하는 사무실이 분명해 보였다.

　그것도 단순한 사무실이 아니라 직급이 꽤 높은 사람이 쓰는 곳이 틀림없었다.

　아무튼 그런 사무실 안에는 지금 아무도 없었지만 곧 밖에서 누군가의 발자국 소리가 들려왔다.

　딸칵……

　"어서 들어와서 앉게."

“네! 사장님!”

나타난 사람은 두 명이었는데 한 명은 나이가 대략 오십 대 초반쯤으로 보이는 중년의 남자였고, 또 한 명은 이제 막 서른쯤에 접어들었을 것 같은 날카로운 인상의 여자였다.

“앞으로 그런 이야기는 절대 다른 사람 앞에서는 하지 말게. 극비 사항이니까. 대신 그쪽과 관련해서 보고할 사항이 있으면 이놈 저놈 통하지 말고 곧장 내 사무실로 올라와 보고하게.”

“명심하겠습니다!”

사장이라는 중년의 남자 말에 여자는 회심의 미소를 지으며 얼른 고개 숙여 답했다.

자신의 득의한 표정을 보이지 않기 위해서였다.

“그런데 조금 전 그건 무슨 소리였나? 그놈들이 뭘 한다고?”

“시장 사람들을 자꾸만 선동한답니다.”

“선동을? 허허……. 뭐라고?”

여자의 말에 사장은 기가 막힌다는 얼굴로 이렇게 되물었다.

“그게… 말씀 드리기가 조금…….”

“걱정 말고 이야기해 보게. 그런 것들 하는 이야기야 뻔

할 테니……."

"우리 나르시와 거래를 하게 되면 지금 당장은 이익 같지
만 조만간 큰 손해를 볼 것이니 우리와 거래를 끊으라고 하
더랍니다."

망설이던 여자가 결국 이야기를 늘어놓자 사장의 얼굴이
벌겋게 달아올랐다.

방금 전만 해도 괜찮다고 하더니 막상 들어 보자 화가 났
던 모양이다.

"으음……. 그놈들 중에 머리 돌아가는 놈이 있긴 있는
모양이로군. 조만간 손해 볼 것을 간파한 것을 보니 말이
야. 그런데 하나만 알고 둘은 모르는 것 같군."

"죄송합니다만 둘은 뭡니까, 사장님?"

"그들이 손해를 볼 즈음이면 자신들은 쫄딱 망해 있을 거
라는 거지. 원래 남대문 상인들은 잡초와 같아서 어지간한
손해로는 망하지 않아. 그리고 아무리 우리라 해도 남대문
상인들을 망하게 할 수는 없지. 하지만 놈들은 반드시 제거
해야 해. 그냥 두면 자꾸만 기어오를 수도 있거든. 잡초는
뿌리째 뽑아야 뒤탈이 없는 법이거든."

사장이 이렇게 말을 하는 순간, 갑자기 천장 한쪽이 들썩
거렸다.

다행히 소리는 나지 않아서 아무도 눈치를 채진 못했지

만 쥐라고 하기에는 그 움직임이 커도 너무 컸다.

물론 바로 잠잠해지긴 했지만 뭔가 수상한 느낌이 물씬 나는 것은 분명했다.

여자는 사장의 곁에서 자신이 가지고 온 서류를 살며시 살피며 말을 이어나갔다.

"이미 남대문 액세서리 상인들 가운데 90퍼센트는 저희 수중에 들어와 있으니 그들이 망하는 것도 시간문제일 것입니다."

"상인들을 백 퍼센트 끌어들여라. 작은 업체라고 깔보다가는 당할 수도 있으니 철저하게 처리해야 한다."

여자는 겪으면 겪을수록 사장이 무서워졌다.

그는 자신이 성공하기 위해서라면 상대가 누구든 싹이 트기도 전에 밟아버리는 잔인한 성격을 가지고 있었다.

게다가 이처럼 필요할 때는 그가 누구든 철저하게 끌어들여서 이용하는 습성이 있는 사람이었다.

겉으로 볼 때는 인자해 보여도 그는 냉혹하고 섬뜩한 승부사였다.

"그렇지만 남아 있는 십 퍼센트 정도의 상인들은 쉽게 넘어오지 않고 있습니다."

"무엇 때문인가?"

"그게 아무래도 신 사장의 반대파들이라 그런 것 같습니다. 신 사장이 대체적으로 액세서리 시장을 주도하고 있긴 하지만 아직 반대세력이 남아 있다고 하더군요. 그렇게 설득을 해도 들은 척도 하지 않는 상인들이 바로 그 십 퍼센트의 사람들입니다."

신 사장은 얼마 전 영빈의 회사와 거래했던 박 사장을 끌어 들인 인물이다.

즉, 그가 바로 나르시의 일을 앞장서서 주도 하고 있었다.

알고 보니 남대문 시장 상인들 가운데 일부는 신 사장을 싫어하는 모양이다.

만일 이 사실을 영빈이 알게 되면 매우 중대한 정보가 될 수도 있을 것 같았다.

"이런 멍청하긴! 상인들이 의리가 있다고 생각하나? 그런 경우는 돈을 뿌리라고 했잖은가! 우선 얼마가 들어가든 그놈들이 만들어 내는 제품을 사들이면 결국은 넘어 오게 될 것이다. 그렇게 해서 우리에 대한 의존도를 높여 놓고 나중에 가격을 후려치면 당장 손해 본 것을 회수함은 물론 훨씬 더 큰 것을 얻게 된다는 걸 모르겠나?"

"알겠습니다. 단가를 더 높여서라도 거래를 성사시켜 보겠습니다."

여자가 입술을 살짝 깨물며 이렇게 말하자 사장은 고개

를 끄덕이며 오른손을 들어 나가라는 듯 흔들었다.

그러자 그녀는 허리를 90도로 굽힌 채 천천히 방을 나갔다.

여자가 나가고 난 뒤 한동안 사장은 자신의 책상에 놓여 있는 펜 하나로 책상을 툭툭 하고 찍어대며 혀를 찼다.

"쯧쯧……. 아무튼 요즘 아이들은 일을 너무 안일하게 하려는 성향이 있다니까. 엘프 쥬얼리라고 했던가? 조금 미안하긴 하군. 하지만 하필 내가 하려는 일에 걸림돌이 된 것이 네놈들 잘못이니 날 원망하지 말라고. 원래 세상은 약육강식이거든."

남아 있던 사장은 이렇게 중얼거리더니 이내 펜으로 책상 바닥을 조금은 강하게 내려치듯 떨어뜨렸다.

그러곤 이내 사장 또한 밖으로 나갔다.

약간의 시간이 흘렀다.

조금 전에 들썩였던 천장 한쪽이 갑자기 열렸다.

그러더니 그곳에서 사람의 머리 하나가 불쑥 모습을 드러냈다.

툭~!

'휴우……. 그 좁은 곳에서 쭈그리고 있느라 혼났네.'

'그러게 말이오. 그런데 마지막에 그 사장이라는 놈이 뭐라고 했소?'

먼저 실내로 떨어져 내린 사람은 최근 영빈의 사람이 된 김강식이었고 두 번째 떨어지며 대뜸 질문을 던진 사람은 버나드였다.

'세상은 약육강식이라고 했소.'

'그래요? 그렇다면 내가 당장 쫓아가서 쳐죽이면 간단하겠네요. 저놈 말대로라면 약하디약한 중늙은이 놈이 죽어야 마땅한 것 아니겠소?'

김상식의 통역에 버나드가 흥분에서 뛰쳐나갈 듯 이렇게 말했다.

아까도 은밀하게 숨어 있던 천장이 잠깐 들썩였던 것도 알고 보면 사장과 여자의 말에 흥분한 버나드가 뛰쳐나가려고 하는 바람에 벌어진 일이었다.

'사장님께서 당부하신 것을 그새 잊었습니까? 이번 일은 정보를 수집하는 일이니 어떤 경우가 벌어지더라도 참고 오라고 하셨던 거 같은데……'

'으음……. 맞는 말이오……. 알겠소. 저 밥맛없는 놈은 나중에 혼내주기로 합시다.'

버나드는 다혈질이었지만 김강식은 무척이나 냉정한 이성을 가진 것 같았다.

그렇기에 흥분한 버나드를 제어할 수가 있었다.

물론 이것은 영빈이 이들 둘을 묶어 놓을 때부터 각각의

성품까지 고려했기에 가능했던 일이었다.

'잘 생각하시었소. 지금 우리가 할 일은 어서 이 건물 내부 구석구석에 도청장치를 설치하는 것이오. 당신이 그 방면으로는 최고라고 하던데…….'

'두말하면 잔소리지. 어서 갑시다. 이 건물 안에서 일어나는 소리라면 개미가 방귀 뀌는 소리까지 포착해 낼 수 있도록 해놓겠소.'

알고 보니 이들이 이곳에 나타난 목적은 도청장치를 설치하기 위해서였던 모양이다.

버나드는 도청 장치 설치를 맡고 김상식은 그가 도청 장치를 하는 동안 경계를 서는 역할인 듯했다.

물론 이곳 직원들의 대화를 통해 건물에 대한 정보도 전달할 겸 말이다.

사사삭…….

두 사람은 우선 사장실부터 재빨리 도청장치를 설치하고는 그야말로 귀신보다 조용하고 은밀하게 문밖으로 사라져 갔다.

2

엘프 쥬얼리 회사 회의실…….

영빈을 비롯한 그의 최측근들이 모여서 중요한 회의를 하고 있었다.

그런데 바로 얼마 전까지만 해도 여섯 명 이상 들어오기 힘들던 회의실 공간이 훨씬 넓어져 있었다.

그건 바로 최근에 사무실을 확장시켰기에 가능한 일이었다.

임대가 되지 않고 있는 옆 사무실까지 임대해 양쪽을 터서 하나의 사무실로 합친 것이다.

"그렇다면 지금 그들이 일차 계획하고 있는 일은 일반 액세서리가 아닌 바로 보석 액세서리로 시장을 장악하겠다는 거로군요."

"맞습니다. 남대문에서 액세서리를 사들이는 것은 그것을 위한 사전 포석에 불과합니다. 그들은 결국 토사구팽 당할 팔자인 거죠."

영빈의 말에 김상식이 이렇게 대꾸했다.

그와 CIA팀들은 이미 도청을 통해 여러 가지 정보를 입수한 모양이다.

그러자 이번에는 탁기훈이 나섰다.

"투자자들이 나르시에게 내기를 건 게 확실합니다. 그들은 엘프 쥬얼리가 망하는 순간, 나르시에게 우선 오십억을 투자하겠다고 했더군요. 그런데 그 투자자들이 대부분 사

채업자들입니다. 만에 하나 그들의 투자를 받았다가 잘못
될 경우 심각한 문제가 야기될 수도 있겠더군요."

"호오……. 사채업자들이라……. 그거 재미있군요."

사적인 자리에서야 호형호제 하지만 지금은 공적인 자리
라 기훈은 영빈에게 깍듯한 자세로 보고했다.

그런데 그 내용이 꽤나 심각해 듣는 사람들의 얼굴은 금
방 심각해졌다.

어쨌든 그들은 지금 엘프 쥬얼리를 망하게 하려는 것이
니 당연했다.

"이게 그냥 재미로 넘길 이야기는 아닙니다. 그들은 벌써
남대문 시장을 거의 다 장악했으니까요. 그나마 끝까지 버
텼던 유 사장과 그의 동조자들도 언제 항복할지 모릅니다.
나르시에서 워낙 엄청난 돈을 내세우고 있거든요."

이번에는 재호가 벌떡 일어나 답답하다는 듯 이렇게 말
했다.

역시 그쪽일은 늘 부딪쳐왔던 재호가 민감하게 느끼고
있을 터였다.

"후후……. 그건 바라던 바입니다. 아니, 오히려 우리가
그렇게 되도록 부추길 필요가 있습니다. 이재호 실장님은
내일 아침 일찍 남대문 시장에 가서 유 사장을 만나 보세
요."

"유 사장님을요?"

"그렇습니다. 만나서 거래 조건을 제시하십시오. 단가는 개당 1,200원으로 하고……."

"네? 1,200원이요? 그, 그건 터무니없이 비싼 가격입니다. 기본 재료가 1,200원이면 완성품이 될 경우 최소 비용이 2,500원은 넘게 들어갈 텐데 그렇게 비싼 제품을 어떻게 팔려고……."

영빈의 말에 재호의 입이 딱 벌어졌다.

자신들, 엘프 쥬얼리에서 완제품을 만들어 매대에 걸어 놓고 파는 가격은 겨우 3,000원 대였다.

그런데 거기에 만약 2,500원 이상의 비용이 들어간다면 자신들은 오히려 적자만 내는 장사를 하는 꼴이 될 수 있었다.

그러니 어이가 없을 수밖에 없는 이야기였다.

"그 가격에 진짜로 거래가 일어나면 엄청난 손해를 보겠지. 하지만 우리는 그 가격에 절대 거래할 일이 없습니다. 단지 거래할 것처럼 분위기만 잡다가 나르시 사람들이 나타나면 그때 물러나세요."

"아, 그럼……."

"그렇습니다. 그들이 우리가 제시했던 가격을 알게 되면 분명 그것보다 더 높은 금액을 제시 할 게 뻔하지요. 우린 그것을 노리는 겁니다. 비록 그래봤자 나르시에게는 별 게 아니겠지만 아무리 큰 회사도 작은 손해가 모여 무너지는 법이지요.”

“아……. 그런 수가 있었군요.”

다들 영빈의 말에 고개를 끄덕이며 감탄했지만 단 한 사람은 예외였다.

“사장님의 말씀은 분명 맞지만 거기에는 한 가지 약점이 있는 것 같아요.”

“호오……. 약점이라……. 어떤 약점을 이야기하는 건가요?”

말을 꺼낸 당사자는 바로 고은서였다.

영빈은 평상시 거의 말을 안 하던 그녀가 나서서 이렇게 지적을 하자 의외라는 표정을 지으면서도 왠지 기특하다는 듯한 미소를 지었다.

“만에 하나라도 유 사장이 덜컥 우리 엘프 쥬얼리와 계약을 하게 되면 어떻게 할 거죠? 그렇게 되면 남대문 상인 일부를 이쪽으로 끌어들일 수 있을지는 몰라도 거래한 만큼의 리스크는 고스란히 엘프 쥬얼리가 떠안게 되는 것 아닌가요?”

“하하! 정확히 맞췄습니다. 이야~ 이거 고은서 씨 보통이 아닌데요? 아무도 깨닫지 못한 부분을 지적해 내다니요.

솔직히 놀랐습니다. 맞습니다. 만일 유 사장이 우리와 전격적으로 계약하게 되면 우리의 손해는 제법 커집니다. 요즘 공격을 당하면서 신상품을 돌리지 못해 그렇지 않아도 매출이 줄고 있는 요즘이죠? 그런 상황에서 손해까지 입게 되면 거의 치명적이 될 수도 있겠지요."

"그, 그렇군요."

고은서와 영빈이 여기까지 이야기하자 그제야 나머지 사람들도 그들의 말뜻을 어렴풋이 이해하기 시작했다.

이건 마치 집에 들어온 빈대를 잡기 위해 불을 질렀다가 초가삼간을 몽땅 잃어버리는 꼴이 될 수도 있을 것 같았다.

다시 말해 도박이라 해도 과언이 아닐 수도 있는 상황이었다.

상대의 높은 단가를 끌어내리려다가 외려 자신들이 덮어쓸 수도 있다는 사실을 깨달은 직원들은 살며시 동요의 모습을 보였다.

당장 유 사장 등을 만나야 하는 재호가 우려 섞인 목소리로 입을 열었다.

"그럼 전 어떻게 해야 하죠? 내일 유 사장을 만나지 말까요?"

"아뇨. 아까 말한 대로 만나서 가격 흥정을 하고 오세요. 그쪽에서 계약을 하자고 하면 해도 괜찮습니다."

"네에? 하지만 그건 큰 손해 아닙니까?"

재호가 놀라서 눈을 동그랗게 뜬 채 영빈을 바라보았다.

그러자 영빈은 여전히 환하게 웃는 얼굴로 대꾸했다.

"솔직히 말씀 드리자면 유 사장은 절대로 우리와 계약하지 않을 겁니다."

"그건 왜 그렇습니까?"

"왜냐하면 유 사장과 그의 동조자들은 나르시 편이 아니라 바로 우리 편이기 때문입니다."

영빈의 선언에 장내는 순식간에 놀람으로 가득 찼다.

그의 말이 뜻하는 바는 간단했다.

즉, 영빈이 유 사장 측을 자신의 편으로 돌아서게 한 무언가가 있다는 의미였다.

최근 영빈은 공장 설립 문제 때문에 정신이 없었는데 언제 또 유 사장을 끌어들였는지 이해가 가지 않았기 때문이다.

"그, 그럴 수가……. 도대체 사장님은 언제 또 거기까지 손을 뻗치신 겁니까?"

"이야기를 하자면 그건 내가 손을 뻗친 게 아니라 우리 공장장님의 말을 듣고 그쪽에서 먼저 손을 내민 겁니다."

영빈의 말에 다들 놀라 되물었다.

"공장장님의 말에요?"

"네, 우리의 일도 있고, 그 이전부터 유 사장 측은 진작부터 나르시를 경계하고 있더군요. 그분은 나르시와 손을 잡을 경우 그 거래가 오래갈 수 없다는 것도 파악하고 있었습니다. 그렇기에 우리와 손을 잡기로 한 것입니다. 이제 이해가 가셨습니까?"

"우하하하! 우리 보스……. 아니, 참 우리 사장님께서는 회사 일도 멋지게 하시는군요. 그런데 사장님."

영빈의 말에 버나드가 나서 이렇게 말을 꺼냈다.

그런 그의 말에 영빈이 가볍게 웃으며 발언권을 넘겼다.

"말씀하세요, 버나드 이사님."

현재 미국팀은 자금을 가져왔다는 핑계로 모두 이사로 등재되어 있는 상황이었다.

여기에 대해선 직원들도 이 점에 대해선 다들 충분히 납득하고 불만을 가지지 않았다.

"지금 보아하니 이제 중요한 사안은 대충 결의한 것 같은데 맞습니까?"

"그렇습니다."

"그럼 우리 이러지 말고 나가서 거하게 회식이나 하는 게 어떻겠습니까? 앞으로 치열한 전쟁을 치를 것 같은데 직원들 사기 진작도 해야 하지 않겠습니까?"

조금이라도 핑계거리가 생기면 술 한잔하려는 습성을 가

진 버나드다운 제안이었다.

물론 그가 하는 제안은 모두 김상식에 의해 사람들에게
그대로 통역되고 있었다.

하지만 영빈은 그런 버나드의 제안에 조금 멋쩍어 하며
거절의사를 밝혔다.

오늘은 이미 데이트 약속을 잡아두고 있던 그였기에 그
러했다.

"틀린 말씀은 아닙니다만 사실 오늘은 제가 데이트 약속
이 있어서……."

"그럼 더 잘됐네요. 여기에서 우리 사모님이 되실 분을
단 한 번이라도 보신 분?"

"저요."

"친구이신 이 실장님은 빼고요."

"없습니다!"

짓궂은 버나드의 질문에 모두가 한결같은 목소리로 대답
했다.

다들 그의 의도를 눈치챈 것이다.

"아니, 장래 사모님 되실 분을 소개도 하지 않았다는 게
말이 됩니까? 마침 오늘 분위기도 좋으니 당장 사모님 되실
분을 이쪽으로 오라고 하십시오. 우리 모두 인사드리고 싶
습니다."

"인사드리고 싶습니다!"

원래 쪽수로 밀어 붙이면 당할 재간이 없는 법이다.

아무리 자신의 부하 직원들이라 하나 이렇게 한결같이 원하는데 사장이 되어서 거절할 수는 없는 노릇이었다.

"알겠습니다. 그럼 오늘 회식을 합시다. 그리고 그 자리에 수아를 오라고 하겠습니다. 됐습니까?"

"와아~ 브라보~! 역시 우리 사장님이 최고!"

"사장님 최고!"

회사의 사활이 걸릴 정도로 심각한 상황이 눈앞에 놓여 있지만 그들은 불안한 모습을 보이지 않았다.

엘프 쥬얼리 직원들 중 누구 하나 이처럼 얼굴에 그늘을 드리운 사람이 없는 것이다.

이렇게 모두가 하나가 될 수 있는데 해내지 못할 일은 없을 거라고 믿는 서로에 대한 확신과 신뢰가 있기에 가능한 일이었다.

거기에 그들에게는 그 누구보다도 뛰어난 두뇌와 두둑한 배짱 그리고 그 누구의 의견도 무시하지 않고 신중히 들어 주는 특별한 오너가 있지 않은가.

3

왁자지껄…….

회식은 근처에 있는 깔끔한 고기 집에서 하기로 정했다. 여기는 회사와 가깝기 때문에 이미 단골집이 된 곳이라 서비스도 좋았고 종업원들도 친절했다.

"그런데 들리는 소문에 의하면 사모님 되실 분이 엄청나게 미인이라던데……. 맞아요?"

"네?"

버나드가 유일하게 수아를 보았다는 재호의 어깨를 툭 치며 이렇게 묻자 재호의 얼굴에 당혹스러움이 어렸다.

영어로 물어왔기 때문이다.

하지만 다행히 어느새 김상식이 다가와 통역을 해주는 바람에 그의 질문을 이해 할 수 있었다.

"아……. 저도 본 지가 꽤 되어서……. 하지만 미인이라는 것은 저도 장담할 수 있죠."

"거참 대답이 어째 신통치 않소. 예의상 그렇게 말하는 거 아뇨? 그래도 명색이 우리들의 사모님이 되실 분인데 최소한 그에 걸맞아야 할 것 아니겠소? 다들 안 그래?"

"옳소!"

"호호호……. 저희 역시 버나드 이사님의 말씀에 동감이에요."

또다시 김상식이 통역을 했고 직원들은 모두 고개를 끄

덕였다.

미인까지는 아니더라도 최소한 남들 보기 부끄러울 정도
는 아니었으면 싶었을 게다.

남자 직원들뿐 아니라 여성 직원들까지 적극 찬성하는
걸 보면 그랬다.

만일 이곳에 영빈이 있었으면 감히 이런 소리는 꺼내지
도 못했겠지만 그는 지금 수아와 통화하느라 자리를 비우
고 있었다.

"으응……. 맞아, 3번 출구로 나와서 쭈욱 직진하면 거기
에 있어. 간판이 커서 쉽게 찾을 수 있을 거야……. 응? 아
니, 그런 거 아니니 걱정하지 말고 편한 차림으로 와…….
그래, 그냥 나만 믿고 내 옆에 앉아 있기만 하면 돼.
응……. 그럼 어서 택시 타고 와. 사람들 오래 기다리게 하
는 것도 예의가 아니잖아. 응……. 그래……."

찰칵.

수아는 사람들이 많이 있다는 말에 떨렸는지 아직 출발
도 못한 채 삐삐만 쳤던 것이다.

그나마 영빈이 자상하게 상황 설명을 해주자 약간 안심
이 되었는지 이제야 온단다.

"어머, 사장님. 여기서 뭐하세요?"

“아……. 형수님 오셨어요. 어서 들어가요. 형도 목 빠지게 기다리고 있어요.”

영빈이 막 안으로 들어가려고 할 때 누군가가 다가와서 아는 체를 했다.

바로 미스 존이었다.

영빈은 언제인가부터 그녀를 형수님이라고 부르고 있었다.

탁기훈과 그녀가 무척 가까워졌다는 것을 눈치채고 그렇게 부르기 시작했는데 그녀 역시 그 호칭을 싫어하지 않았다.

그건 둘이 사귀는 게 사실이라는 은연중의 표현이리라.

어쨌든 두 사람이 그렇게 함께 안으로 들어서자 갑자기 환호성과 함께 난리가 났다.

“휘익~! 어서 오세요, 사모님!”

“야야~! 사모님이 아니셔. 저분은 미스 존 양이잖아!”

“어라? 정말이네. 아니, 미스 존 양. 대체 왜 그렇게 얼굴 보기가 힘들어요?”

하지만 가만 보니 미국팀에게는 익숙한 얼굴인지라 곧 소란은 가라앉았다.

하긴 늘 군복 비슷한 복장만 보다가 몸매가 드러나는 멋진 옷을 입고 나타났으니 금방 알아보지 못하는 것도 무리는 아니었다.

"호호……. 미안해요. 하지만 전 아직 군복을 벗은 게 아니잖아요. 사장님의 부탁 때문에 당분간은 이곳에서 근무해야 하니 이해해줘요."

"하하! 여부가 있겠습니까. 자, 우선 한잔 드시지요. 이거 미인이 합석을 하니 갑자기 주변이 환해집니다그려."

"고마워요."

실제로 미스 존이 좌중에 합류하자 남자들의 시선이 자꾸만 그쪽으로 모여들었다.

이들뿐 아니라 다른 테이블의 손님들까지 말이다.

그만큼 그녀의 미모는 상당했다.

그것을 의식했는지 떨어져 앉아 있던 탁기훈이 어느새 그녀 옆으로 다가와 앉았다.

"나도 한잔 줘봐."

"어머, 당신 왜 이래? 벌써 취한 거야?"

"어허……. 남자가 따르라면 냉큼 따르면 되지, 뭘 그리 놀란 토끼눈을 해서 째려보는 거야?"

영빈은 그 모습을 보자 괜히 자신이 불안해졌다.

지금까지 그가 지켜본 바에 의하면 탁기훈은 절대로 미스 존의 상대가 될 수 없었기 때문이다.

그리고 그의 불안감은 곧바로 현실로 나타났다.

"당신 지금 말 다했어? 뭐라고? 째려봐? 그럼 나는 내가 쳐다보는데 째려본다고 하지 않는 사람하고 마셔야겠네. 당신은 당신 말대로 고분고분 따르는 여자랑 잘해봐. 흥!"

벌떡…….

미스 존이 이렇게 한마디 하고는 찬바람을 날리며 곧바로 평소 점잖은 콘라드 옆으로 가버렸다.

그러자 탁기훈은 어이가 없다는 얼굴로 그녀를 노려보았다.

하지만 미스 존은 그런 그를 무시한 채 콘라드와 주거니 받거니 하면서 소주를 들이켰다.

"저, 저… 여자가 어떻게 저렇게 가벼운 거야? 젠장~!"

"형……. 그냥 가서 무조건 잘못했다고 빌고 조용히 한쪽에서 찌그러져 있어라. 괜히 나중에 후회하지 말고……. 그러다 나이 먹고 고생한다니까?"

"절대 그럴 수는 없다!"

보다 못한 영빈이 이렇게 충고했지만 자존심 강한 기훈이 그 말에 따를 리가 없었다.

그러자 영빈도 어쩔 수 없다는 듯 미스 존을 바라보며 어깨를 으쓱했다.

사실 콘라드는 워낙 점잖은 사람인데다가 그 역시 미스 존과 기훈이 그렇고 그런 사이임을 아는지라 크게 걱정할 필요는 없었다.

물론 그렇다 해도 이런 미인과 술을 함께 마시는 일은 결코 싫지 않았을 것이다.

게다가 기훈이 이런 일에 은근히 질투를 품는 걸 알기에 굳이 생색할 필요도 없었다.

이러다가 알아서 또 풀리는 그런 커플인 것도 다들 잘 알고 있는 사실이니까.

어쨌든 그렇게 떠들면서 일행들은 신나게 술을 마셨다.

그런데 바로 그때, 그 큰 식당의 홀 안이 갑자기 급속도로 적막에 쌓이기 시작했다.

"저, 저런 미녀가 있었다니……. 영화배우인가?"

"히야! 영화배우보다 더 예쁜 거 같은데?"

단 한 사람이 문을 열고 들어서는 순간 벌어진 일이었다.

모든 사람들의 시선을 한 몸에 받는 사람.

그 웬만한 배우나 모델보다 아름다운 모습을 한 여성이 그 중심에 있었다.

수아였다.

"수아야! 여기야!"

"아……."

사뿐사뿐…….

영빈의 부름에 가벼운 걸음으로 다가오는 그녀를 보며 미국팀은 물론 다른 동료들까지도 먹던 것을 멈춘 채 눈이 풀려버렸다.

설마 이렇게 환상적인 미인이 미래의 사모님일 줄은 전혀 예측하지 못했기 때문이다.

"안녕하세요. 영빈이 친구 윤수아입니다."

"네! 안녕하세요!"

"안뇽… 하… 세욜!"

"반갑… 심니더!"

수아가 인사를 건네자 그동안 늘 영어로만 떠들던 미국 팀원들이 서툰 한국말로 떠들기 시작했다.

남자 사원이든 여자 사원이든 너나 할 것 없이 모두 수아의 청순하고 상큼한 매력에 바로 빠졌는지 서로 자리를 비켜주었다.

영빈에게 가기 쉽게 하려는 배려인 것이다.

"왔구나."

"응……. 늦어서 미안해."

"괜찮아. 일단 여기 앉아라."

"응……."

다소곳…….

최고의 미녀가 너무도 조용하고 순종적이다.

그것이 너욱 사람들을 미치게 했다.

게다가 그 모습에 묘한 자태가 있어 웃고 떠들며 어수선한 자신들이 왠지 잘못을 저지르는 것만 같은 기분이 들어 저도 모르게 정숙해지는 사람도 있었다.

오죽했으면 방금 전에 그렇게 사납게 퉁겼던 미스 존마저 조용히 기훈에게 다가갔을까.

"여기 이 사람이 바로 제 장래 아내입니다. 이름은 윤수아, 나이는 저와 동갑이죠."

"앞, 앞으로 잘 부탁드려요."

수아는 영빈의 말에 큰 충격을 받았다.

아직 사랑한다는 고백조차 제대로 받아본 적도 없었는데 장래 아내라니…….

그야말로 기가 막힌 이야기였다.

하지만 그런데도 수아는 기분이 나쁘지 않았다.

오히려 그가 자신을 그렇게까지 생각하고 있다는 사실이 한없이 기쁘기만 했다.

느닷없는 갑작스러운 그의 말에 심장이 쿵쾅쿵쾅 진정이 되지 않는 수아였다.

그래서인지 수아는 떨리는 목소리를 간신히 진정시키며 모두에게 이렇게 인사했다.

"와아아~! 사모님, 앞으로 잘 부탁드립니다!"

깜짝…….

영빈이 어린 나이에 벌써 사업을 하고 있다는 것은 알았지만 설마 벌써 이렇게 많은 직원들이 있는 줄은 몰랐다.

자리를 함께하고 있는 직원들을 보니 결코 그 수가 적지 않았다.

이제 고작 스물한 살.

그런 영빈이 웬만한 중소기업의 구성원을 이끌고 있다니.

그것도 직원들 가운데 미국사람들까지 있으니 놀라지 않으면 그게 더 이상할 것이다.

수아는 소란스러운 가운데서도 가만히 영빈의 얼굴을 바라보았다.

이 사람이 이제부터 자신의 운명이라는 생각이 들자 괜스레 가슴이 두근거렸다.

오늘따라 영빈의 옆모습이 매우 남자답고 멋지단 생각에 빠져 얼굴이 달아오르는 수아였다.

4

드르르륵~ 땅! 땅!

공장이 가까워오자 시끄러운 소리가 먼저 들려왔다.

아직 한참 공사 중임을 드러내는 활력 넘치는 소리라 할 수 있었다.

딸칵…….

"내리시죠, 사장님."

"우리끼리 있을 때는 그러지 마라. 불편하다."

좋지도 않은 차에서 내리는데 재호가 문까지 열어주고 또 깍듯한 자세로 존대를 하자 영빈은 한마디 안할 수가 없었다.

어쨌든 친구 사이인데 이런 예의는 지나치다고 생각했다.

"사적인 자리가 아닌 이상 당연한 겁니다. 어서 들어가시지요. 공장장님께서 기다리고 있을 겁니다."

"끄응……. 알았네."

하지만 재호의 고집도 보통이 아닌지라 영빈은 어쩔 수 없이 자신도 공적인 태도로 대꾸할 수밖에 없었다.

사실 이런 재호의 고집은 절대 과한 것이 아니었다.

두 사람은 소꿉장난을 하는 게 아닌지라 언제나 기본예의를 지키는 것이 옳다고 보는 두 사람이었다.

"어서 오십시오. 사장님!"

"고생이 많습니다, 공장장님. 공사는 순조롭게 잘 되고 있나요?"

"네, 공사하는 분들이 어찌나 꼼꼼하게 잘하는지 감탄이 절로 나올 정도입니다."

"그거 다행이네요. 여기서 이러지 말고 우리 사무실로 들어가서 이야기합시다."

"네……."

아직 복층 구조의 사무실이 만들어진 것은 아니지만 원래 있던 사무실이 있는지라 세 사람은 그 안으로 들어갔다.

밖은 너무 시끄러워서 이야기 나누기가 힘들었던 것이다.

사무실에 들어와 문을 닫자 밖에서 벌어지던 소음이 확 줄어들면서 귀를 압박하던 소리로부터 해방이 되었다.

사무실 한편에 놓인 소파에 앉으며 영빈은 공장장에게 말을 건넸다.

"그런데… 제가 부탁했던 것은 어떻게 되었습니까?"

"아……. 지금 여기저기 부품을 수배 중입니다. 그런데 정말 그런 액세서리를 만드실 생각이십니까?"

뜬금없는 영빈의 말에 최태식 공장장이 이렇게 대꾸하자 재호의 눈이 커졌다.

그는 무슨 말인지 전혀 모르고 있었기 때문이다.

"저기… 사장님, 어떤 부품을 말하는 겁니까? 그리고 그런 액세서리를 만들다니요? 그건 무슨 소리죠?"

"그렇지 않아도 내 이 실장과 함께 여기 온 이유가 바로 그것을 알려주기 위함이었다. 우선 이쪽으로 와서 앉아봐라."

"네."

재호가 자리에 앉자 영빈이 다시 입을 열었다.

"이 실장."

"네, 사장님."

"나르시를 어떻게 생각하지?"

"나르시요? 그야 아주 괘씸하게 생각하죠. 어쨌든 양심마저 버린 놈들 아닙니까?!"

영빈의 갑작스러운 질문에 재호가 이렇게 대답했다.

영빈의 의도를 알 수는 없었지만 나르시에 대한 적대감은 누구보다 재호가 많을 터였다.

영빈이 미국에 있는 동안에도 사업을 유지하려고 쉴 새 없이 남대문 시장과 거래처를 뛰어다녔던 그였다.

그런데 나르시가 등장하자마자 당장 거래를 할 수 없을 지경까지 몰고 갔으니 화가 나지 않으면 그게 더 이상할 터였다.

"맞아, 나 역시 화가 나. 그것도 아주 많이……. 그런 놈들은 똑같이 당해봐야 정신을 차릴 거라고 생각해. 내가 너무 지나친 건가?"

"절대로 아닙니다. 할 수만 있다면 저 역시 그놈들을 망하게 하고 싶으니까요."

"바로 그거야. 나는 나르시를 절대 용서하지 않을 거야. 그 때문에 공장장님께 한 가지를 부탁드렸거든. 그건 우리 엘프 쥬얼리가 새로운 액세서리를 만들어 낼 수 있는 생산 라인을 갖추자는 거였어."

"새로운 액세서리요? 그, 그럼 지금 우리가 판매했던 제품들은 모두 사라지는 겁니까?"

영빈의 말에 재호는 얼른 이렇게 물었다.

그에게는 어쨌든 기존 제품들이 모두 자식 같은 느낌이 들었기 때문이다.

자신들이 이 사업을 시작하면서 사람들에게 안긴 인상과 제품 연혁이라는 것이 존재한다.

무엇보다 가장 먼저 이 사업을 일으키고 발전시켰다는 자부심이 그 안에 있었다.

처음이란 의미는 어떤 것이든 간에 가장 큰 의미를 지니지 않던가.

"그건 아니야. 애초부터 생각했던 것이지만 액세서리 사업은 구색이 중요하지. 가짓수가 많을수록 팔릴 확률도 높아지는 거거든. 그렇기에 기존 제품은 여기서 그대로 생산이 될 거야. 하지만 그것만 가지고는 나르시에게 타격을 주기 힘들지. 해서 생각해 놓은 제품이 있어.”

“그, 그게 뭡니까?”

“잠시 귀 좀…….”

스윽…….

‘……?’

“…어쩌구저쩌구…….”

“네에? 그, 그걸로 승부를 건다고요?”

낮말은 새가 듣고 밤 말은 쥐가 듣는다던가?

영빈은 이 속담이 걸렸는지 중요한 말을 재호의 귓가에 살짝 속삭였다.

대체 무슨 말을 한 것인지는 몰라도 재호가 놀라는 것으로 봐서 보통 내용은 아닌 듯했다.

“뭘 그렇게 놀라? 물론 이걸로 치명타를 입힐 수는 없어. 더 중요한 것은 이후에 벌어질 거야. 단지 그건 아직 어떻게 될지 몰라서…….”

“더 중요한 거요?”

“아, 그건 내가 생각만 하고 있는 단계야. 그러니 어느 정도 구체화되면 그때 이야기해 줄게.”

영빈은 이미 나르시를 잡기 위해 여러 가지 대책을 생각해 두었다.

그간 당해왔던 것이 있으니 쉽게 넘어가주지 않을 생각인 영빈이었다.

그중 몇 가지는 바로 실현이 가능했지만 몇 가지는 아직 가능성만 보고 있는 상황에 있었다.

그렇기에 확실하게 영빈은 아직 그 내용을 재호나 다른 사람들에게 명확하게 이야기해주지 않았다.

"꼭 말해줘야 합니다."

"당연하지."

이건 친구 관계를 떠나 회사문제이기 때문에 재호가 꼭 알아야 했다.

영빈 역시 엘프 쥬얼리를 이끌어 가는데 재호가 가장 중요한 역할을 하고 있다고 생각했다.

그렇기에 이렇게 가장 먼저 말을 건넨 것이고.

"공장장님."

"말씀하십시오, 사장님."

"공장이 완성되고 모든 시설을 갖추는 데까지 얼마나 더 걸릴까요?"

"앞으로 약 사흘 정도면 가능할 것 같습니다."

영빈의 질문에 가만히 계산을 해 보던 최태식이 이렇게 대답했다.

이쪽 계통에서는 워낙 노련한 사람이라 그의 예측은 틀

릴 리가 없었다.

"그럼 제품 생산은 언제부터 가능하죠?"

"그날 당장 기계를 가동할 수 있으니 바로 가능합니다. 이미 직원들도 만반의 준비를 하고 기다리는 중이니 문제없습니다."

그가 이야기하는 직원들이란 바로 이전 회사에서 액세서리를 함께 생산하던 기술자들을 의미했다.

최태식이 영빈을 믿고 따라온 이후 그는 몰래 자신과 함께하던 기술자들을 만나 자신에게 찾아온 영빈과의 인연에 대하여 이야기를 나누었다.

그리고 지금까지의 정과 앞으로의 미래를 위해, 더 나은 노동의 질과 생활의 변화를 위해 그들을 끌어들였다.

더군다나 함께 손발을 맞추며 멋진 작품을 만들어낼 수 있는 이들이 드물다는 사실을 서로 잘 알았다.

그들 역시 최태식을 믿고 따라왔다.

처음에는 모두 불안해했지만 공장을 새로 만드는 기간 동안에도 영빈이 월급을 주자 벌써부터 일할 의욕에 불타오르고 있었다.

배운 게 많은 사람들은 아니지만 최소한 자신들에게 베푸는 사람에게는 최선을 다할 줄 아는 의리 또한 있었다.

"들었지, 이 실장?"

"네, 사장님. 그렇지 않아도 거래처에서 언제 신상품이 나오는 거냐고 성화였는데 정말 다행입니다. 이제부터는 저도 한시름 놓을 수 있겠네요."

"거래처 사장들에게 한동안 신상품 공급을 못했던 대신에 앞으로 더욱 다양하고 멋진 제품들이 쏟아져 나올 것이라고 이야기해 줘. 그래야 다들 장사할 맛이 나지."

근 두 달 가까이 재고만 가지고 장사를 했으니 얼마나 부실했겠는가.

그나마 위탁 판매 형식이니 망정이지 일반 거래처였다면 진작부터 거래를 끊겠다고 했을 터였다.

하지만 은근히 짭짤한 수입을 안겨주던 엘프 쥬얼리의 매대 매상이 떨어졌으니 속상해했을 것은 자명하지 않겠는가.

"그야 여부가 있겠습니까? 전화로 이야기할 게 아니라 이따 오후에 직접 다니면서 정보를 줄 생각입니다."

"아무튼 이 실장의 부지런함은 본받을 만하다니까."

영빈의 말에 재호가 입꼬리를 씨익 말아 올리며 응수했다.

"다 지독한 사장님을 닮았기 때문이죠."

"그런가? 하하하!"

재호의 말에 영빈은 유쾌하게 웃었다. 공장이 곧 제 역

할을 할 수 있다는 말에 한껏 기분이 좋아졌기 때문이리
라.
 이제 사흘 뒤면 엘프 쥬얼리는 새로운 날개를 펼칠 것이
다.

Chapter **04**

승부는 철저하게……

1

따르릉~

"네, 엘프 쥬얼리입니다. 네? 아, 사장님이요. 잠시만 기다려 주세요. 사장님실로 돌려 드릴게요."

고은서가 전화를 사장실로 돌리자마자 재호가 얼른 그녀에게 말을 걸었다.

"누구에요?"

"왜요?"

"혹시 유 사장님 아니에요?"

"어머, 그건 어떻게 알았어요?"

고은서가 깜짝 놀라자 미국팀들까지 그쪽으로 시선을 모았다.

공장이 가동되기 시작한 지 며칠이 지났다.

그간 밀려 있던 업무들이 처리되고 신작들이 나오기 시작하면서 사무실은 무척 바빠졌지만 미국팀들은 사실 할 일이 거의 없었다.

이사실이라고 해서 그들의 방은 별도로 만들어 놓았지만 자꾸 이쪽 사무실로 기어오는 것도 심심함 때문이었다.

이전에 잠입하여 설치한 나르시 회사 곳곳에 설치된 도청장치를 체크하며 교대로 그 내용을 엿듣는 게 그들의 하루 일과였으니 그럴 만도 했다.

물론 이사실 안에 도정장치를 들을 수 있는 설비들이 갖추어져 있다는 것은 영빈과 재호 그리고 미국팀 말고는 아무도 알지 못했다.

철저하게 비밀에 붙여 놓은 데다가 그 방은 아예 이쪽 사무실과는 별도로 존재하기 때문이었다.

설사 이런 부분이 아니라 하더라도 도청이라고 하는 것은 매우 민감한 사안이 될 수 있기 때문에 기밀 유지가 되는 것은 당연했다.

"예감이 그래요. 오늘쯤 연락이 올 것 같았거든요."

속닥속닥······.

이재호가 이렇게 대답하자 김상식이 그 내용을 미국팀들에게 통역해 주었다.

그 역시도 요즘은 한가할 수밖에 없었다.

지금은 최대한 자중하면서 조용히 있어야 한다는 영빈의 지시를 받았기 때문이다.

딸깍…….

"실장급 이상은 회의실로 모이세요."

"네, 사장님!"

그들이 한창 속닥거릴 때 사장실 문이 열리며 영빈이 고개를 내밀고 이렇게 한마디 했다.

그러자 모두 기다렸다는 듯이 크게 대답하고는 마치 번개처럼 회의실로 모여들었다.

사실 실장급 이상이라 하면 재호와 미국팀이 전부였다.

즉, 엘프 쥬얼리의 핵심 간부들만 모여서 펼치는 전략회의라 할 수 있었다.

"아, 미안하지만 여기 커피도 부탁해요."

"알겠습니다."

모두 회의실에 모이자 영빈이 다시 이렇게 지시했다.

그러자 이번에는 진영아가 쾌활하게 대답하곤 탕비실로 향했다.

"방금 유 사장님에게 전화가 왔습니다. 역시 우리 예상대로 나르시가 조건을 제시해 왔다는 군요."

"그거야 이미 도청을 통해 어느 정도 알고 있던 사실입니다. 그런데 얼마를 제시했답니까?"

영빈의 말에 버나드가 이렇게 말했다.

버나드나 혹은 다른 미국팀원들은 도청 같은 말을 함부로 해도 영빈은 굳이 제지를 하지 않았다.

어차피 영어를 제대로 알아들을 수 있는 직원은 아직 없었기 때문이다.

"개당 단가를 1,300원까지 제시했다는 군요."

"완전히 미쳤군. 저가 액세서리를 도대체 얼마에 팔려고 그런 단가를 제시한 거지?"

영빈의 말에 재호가 흥분해서 소리쳤다. 어느 정도 알고 있던 사실이었지만 실제로 이런 일이 벌어지자 화가 치민 모양이다.

"파는 게 문제가 아니지. 우리를 완전히 망하게 하려는 의도가 더 큰 거니까……."

"우리 회사를 망하게 만들겠다고 그런 미친 짓을 진짜 할 줄이야……."

"생각해봐. 우리가 망하면 나르시는 금방 투자자들에게 오십억을 받는다잖아. 이런 손해쯤은 별 게 아닌 거라고 생각했겠지. 유 사장하고의 거래는 기껏해야 일, 이억 수준일 테니까 말이야. 전부 못 팔게 된다 해도 아쉬울 게 없다고 생각했겠지. 그들 심보야 뻔하지 않나? 그치?"

"으음……. 빌어먹을 놈들……."

이어지는 영빈의 설명에 재호는 기가 막혔는지 신음 소리만 내고 말았다.

하긴 그처럼 곧이곧대로 사는 사람에게는 나르시의 비정상적인 투자는 미친 짓이나 다름없을 터였다.

"뭐, 그렇다 해도! 우리는 이미 공장이 돌아가는 상태이니 절대 망할 일은 없습니다. 하지만 아직은 그것을 굳이 알릴 필요는 없습니다."

"그건 왜 그렇죠? 알려야 나르시가 오십억을 받지 못할 것 아닙니까?"

영빈이 의외의 말을 하자 다들 놀랐다. 적에게 더 많은 자본이 유입되는 것을 막아야 정상 아니겠는가.

"그건 잠시 후에 탁기훈 이사가 도착하면 이야기하겠습니다. 곧 올 시간이 되었거든요."

"아무튼 우리 사장님께서는 뭐든 한 번에 속 시원하게 말씀해 주시는 경우가 없다니까. 아마 우리가 답답해 죽는 꼴을 보고 싶어 하시는 게 확실해. 암……."

"하하하! 버나드 이사님 절대 그럴 일은 없으니 조금만 참아 주세요."

버나드가 입을 댓 발이나 내밀며 툴툴거리듯 말했다.

워낙 답답해서 그런지 장난으로 하는 행위였다.

그런 그의 반응에 영빈이 차분히 그를 위로하듯이 말하긴 했지만 그런 버나드의 반응도 사실 완전히 틀린 것은 아니었다.

실제로 그동안 영빈은 그 어떤 일을 계획하든 한 번에 모두 알려준 적이 없고, 사실을 알게 되는 것은 영빈이 모든 일을 기막히게 잘 처리한 뒤인 경우가 태반이었으니까.

대개는 보안 때문이었지만 함께 일하는 사람 입장에서는 그저 답답해 죽을 지경이었다.

물론 다 보안을 위해서 그런 거긴 하기에 직적접으로 항의할 수는 없는 일이긴 했다.

똑똑…….

"탁기훈입니다."

"어서 들어 오세요."

농담 반 진담 반의 이야기가 오가는 사이에 마침내 탁기훈이 회의가 벌어지는 장소에 도착해 문을 두드렸다.

그러자 다들 반가운 눈치였다.

한참 영빈이 부풀려 버린 그들의 궁금증이 이제 풀릴 거라는 기대에 따른 것이었다.

"늦어서 죄송합니다."

“아닙니다. 그만큼 중요한 정보를 입수하는데 늦을 수도 있지요. 그래, 그건 확실하게 알아보셨습니까?”

“당연하지요. 어제 밤부터 그 정보를 캐내느라 미스 존이 고생 좀 했습니다.”

대체 무슨 정보기에 밤을 새서 얻어 왔을까? 모두는 그것이 몹시도 궁금해졌다.

“두 분 다 고생하셨습니다. 대신 특근 수당은 따로 챙겨드리지요. 그러니 이제 어서 보따리를 풀어보세요.”

“나르시에 투자를 하는 중요 인물은 총 세 명입니다. 그 가운데 한 명은 나르시가 지금만큼 크는데 가장 큰 힘을 보태준 사람으로 나르시 사장의 친형입니다. 하지만 그가 투자한 지분은 애초 물려받은 재산이었기에 더 이상 자금 여력은 없다고 봐야 합니다. 나르시 주식의 38퍼센트가 전 재산이라 할 수 있으니까요. 이 부분은 사장 또한 마찬가지였습니다.”

탁기훈은 여기까지 말을 마친 뒤 잠깐 헛기침을 하곤 말을 계속 이어나갔다.

“때문에 기업 확장을 위해서는 반드시 외부 자금 유입이 필요한 실정입니다. 그 가운데서 은행은 힘들겠더군요. 이미 부채 총액이 한계를 넘어섰거든요.”

이 정도 내용이라면 그동안 도청과 각종 정보 수집을 통해 어느 정도 알고 있는 부분이었다.

물론 나르시 사장이 회사 지분의 38퍼센트나 가지고 있다는 것은 처음 알게 된 사실이지만 이건 아무래도 다른 정보를 캐는 과정에서 튀어나온 내용 같았다.

"그렇다면 결국 사채를 쓸 수밖에 없겠군요."

"맞습니다. 지난번 내기를 했다는 사채업자들이 바로 나르시의 가장 중요한 거래선이라고 할 수 있지요. 그런데 재미있는 사실은 그들이 아직 나르시를 100퍼센트 믿지 못한다는 점입니다. 특히, 새로 확장하려는 분야인 보석과 의류쪽은 더더욱 가능성을 낮게 보고 있습니다. 그렇기에 우리를 두고 내기를 걸었던 거죠."

영빈의 말에 탁기훈은 정확한 지적이었다는 미소를 짓곤 이렇게 설명을 이어나갔다.

그의 말대로라면 엘프 쥬얼리가 노릴 만한 부분들은 많을 것이란 판단이 영빈 안에서 서고 있었다.

"비록 우리가 큰 회사는 아니지만 획기적인 유통망을 통해 급속도로 성장하고 있는 것을 보고 흥미를 가졌던 것 같습니다. 어쨌든 나르시의 주력 사업인 액세서리 업체이니까요."

탁기훈의 이러한 분석에 영빈은 눈매를 날카롭게 하며 냉소적인 미소를 지었다.

“우리를 망하게 만들 정도라면 보석이나 의류 쪽도 충분
히 성공할거라 여긴다? 그것 참 웃기는 인간들이로군요. 하
지만 과연 돈에 민감한 사채업자들답습니다. 우리 회사의
잠재력을 그만큼 높게 본 것을 보면 말입니다.”

자신의 회사를 망하게 하려는 상대를 두고도 영빈은 여
유를 부리며 이렇게 말했다.

그러나 자신을 향해 내민 적대적인 반응에 그냥 있을 영
빈은 아니었기에 그 말투엔 묘한 독기가 보였음은 다들 묵
묵히 넘겼다.

“문제는 간단합니다. 우리 엘프 쥬얼리가 건재하다는 것
을 보여주면 결국 사채업자들은 나르시에게서 등을 돌릴
테니까요.”

“아니요. 우리는 나르시가 사채를 쓸 때까지 기다립니
다. 그때까지는 쥐 죽은 듯이 가만히 있어야 합니다. 아니,
우리 거래처들에게 부탁해 망한 것처럼 보이는 게 가장 좋
겠네요. 그래야 사채업자들이 얼른 돈을 줄 테니까요.”

“네에? 그, 그게 무슨 말씀이신지…….”

“그들이 사채까지 끌어들여서 보석과 의류에 진출했을
때……! 그때 우리는 반격을 시작할 겁니다. 그래야 나르시
를 완전히 망가뜨릴 수 있을 테니까요.”

말을 마치며 영빈은 테이블을 가볍게 주먹으로 탕 쳐올

렸다.

영빈이 이렇게 선언하자 모두는 입을 딱 벌린 채 망연자실 한 표정을 지었다.

대체 자신들의 오너가 무슨 생각을 하고 있는 것인지 도저히 알 수가 없었기 때문이다.

2

오전 4시 10분.

아직은 봄이었지만 새벽인데도 강에서 불어오는 바람은 마냥 시원하게 느껴졌다.

"후아～ 서울의 공기가 끔찍하긴 해도 새벽의 강가는 그래도 상쾌하구나."

ㅡ주인님, 오늘은 여기서 수련을 하실 겁니까?

물가라 그런지 운다인이 어느새 나타나 이렇게 물었다.

아무리 바쁜 와중이라 해도 영빈은 수련을 멈추거나 게을리하지 않았다.

세차는 이미 친구 윤현에게 넘겼지만 그는 여전히 새벽이면 일어나서 관악산을 달리고 또 달리며 자연과 함께 호흡해왔다.

물론 정령들과 무지막지한 대련을 하면서 말이다.

‘아니……. 오늘은 세레나를 만나러 온 거야.’

—네? 왕을 만나신다고요?

‘왜? 불만있어?’

—그건 아니지만 너무 갑작스러워서요. 저희는 왕을 뵐 준비를 전혀 하지 않았는데…….

영빈이 툭 내던지듯 대꾸하자 운다인이 살짝 당황했다.

그런데 그때…….

—호호호……. 준비 같은 건 필요없으니 신경 쓰지 않아도 된다.

‘오랜만이야, 세레나. 더 좋아 보이는데?’

—왕을 뵈옵니다!

—왕을 뵈옵니다!

갑자기 아지 어두운 강 중앙에 희미하지만 신비함을 뿌리는 빛과 함께 세레나가 등장했다.

그러자 운다인은 물론 다른 정령들까지 부랴부랴 나서며 정중히 인사를 했다.

그들에게 세레나는 유일한 왕이었기에 언제나 극진할 수밖에 없었다.

—그렇지 않아도 너희에게도 볼일이 있었는데 잘되었구나.

—…….

'볼일? 그게 뭔데?'

세레나의 말에 모두들 궁금한 표정으로 그녀에게 시선을 모았다.

이럴 때 영빈의 질문은 시기적절했는지 정령들은 그를 보며 고마움의 눈인사를 했다.

—우리 아이들의 이름을 새롭게 하사하려고 한다.

'갑자기 이름은 왜?'

—그건 아이들이 예전의 아이들이 아니기 때문이지. 정령들의 세계에서는 지극히 드문 일이지만 저들은 중급 정령에서 상급 정령으로 발전했단다. 너 요즘 우리 아이들을 정식으로 본 적이 있었니?

'그, 글쎄……. 같이 수련을 하긴 했지만 유심히 살펴보진 않았던 것 같아. 그건 또 왜 묻지?'

세레나의 질문에 영빈은 얼굴까지 빨개지며 이렇게 대답했다.

생각해 보니 최근 들어 정령들에게 너무 소홀한 것 같다는 자책감이 들었기 때문이다.

—애들아, 모두 나와서 너희의 주인님 앞에 똑바로 서 보아라.

—네, 왕이시여.

뾰로롱~

스팟!

세레나의 명령이 떨어지자마자 영빈이 서 있는 곳을 중심으로 신비로운 기운이 일렁이기 시작했다.

그러더니 그의 사방으로 이윽고 정령들이 모습을 드러냈다.

그 모습은 평소와는 상당히 다른 형태를 띄고 있었다.

저마다 서 있는 곳들이 각자의 원소들로 그 형질을 드러내고 있었고 저마다의 모습이나 위용도 사뭇 달랐다.

누군가가 이 장면을 보았다면 불기둥과 물기둥, 회오리와 흙기둥이 서 있다고 착각했을지도 모를 만큼 그들의 존재감이 커져 있었다.

단지 영빈만이 여기에 대해 조금은 무덤덤한 표정으로 바라볼 뿐이었다.

그런데 그들의 모습을 살펴보던 영빈은 그야말로 깜짝 놀라고 말았다.

'이, 이럴 수가……. 언제 이렇게 바뀐 거지?'

언제나 소녀 같았던 운다인과 실피아는 얼굴은 그대로였지만 몸매가 확연히 달랐다.

극대화된 볼륨감에 늘씬한 키 그리고 훨씬 그윽해진 눈빛까지…….

그녀들은 영빈이 의식하지 못하는 사이에 물이 오를 대

로 오른 아가씨로 변해 있었던 것이다.

뿐만 아니라 장난꾸러기 같았던 샐러맨더는 훌쩍 커버린 키와 호리호리한 몸매로 변해 있었으며 노이아나는 작은 키는 여전했지만 어깨가 딱 벌어진 근육질의 몸매로 바뀌어 훨씬 다부져 보였다.

단지 이들에게 한 가지 공통점이 있다면 모두 얼굴만큼은 그대로라는 점이었고, 아주 서서히 자신들의 모습을 강하게 키워왔다는 부분이었다.

그랬기에 영빈이 쉽게 눈치채지 못했던 것이다.

—호호호……. 이들은 이제 소년소녀로 보이는 중급 정령이 아니란다. 명실 공히 인간과 똑같은 감정을 느낄 수 있는 상급 정령이 된 것이지.

'그렇다면 이거 정말 축하해야 할 일이네. 결국 우리 정령들이 컸다는 거잖아? 정말 내가 너희에게 할 말이 없다. 주인이라는 사람이 그런 큰 변화도 모르고 있었으니……. 미안하다.'

꾸벅…….

영빈이 정령들을 향해 정중하게 고개를 숙이자 정령들은 얼굴이 빨개지며 얼른 자세를 낮추었다.

—아니에요, 주인님. 저희도 처음에 변화된 모습이 창피해서 일부러 주인님 시선을 피했는걸요.

─맞습니다. 주인님 잘못이 아닙니다.

운다인의 말에 샐러맨더 역시 이렇게 대꾸했다.

돌이켜 보니 최근에는 정령들 가운데 그 누구도 말을 함부로 하지 않았던 것 같았다.

그때는 그냥 그러려니 했는데 이처럼 변화를 맞이해서 그랬던 모양이다.

─자, 그래서 이 정령의 왕 세레나가 이제 상급 정령이 된 너희들에게 새로운 이름을 부여하노라. 우선 운다인.

─네, 왕이시여.

─너의 이름은 앞으로 엔다이론이라 하노라.

─감사합니다.

세레나는 운다인부터 이름을 하사했다.

샐러맨더는 샐로스로, 실피아는 실피아나로, 마지막으로 노이아나는 노엔이라는 새 이름을 받았다.

이 이름들은 모두 정령계에서 대대로 전해져 내려오는 고유의 이름이었는데 지구상에서는 중급 정령을 끝으로 그 명맥이 사라졌던 이름이었다.

그리고 모두에게 이름이 전해지자 아주 신기한 일이 또 하나 발생했다.

그들의 존재감이 점점 커지더니 그들의 몸에서 작은 원소들이 툭툭 튀어 나오며 저마다 기둥처럼 그 모습을 만들어내기 시작한 것이다.

그런 상황에서 엔다이론을 시작으로 정령들이 입을 열었다.

―내 이름은 엔다이론, 나의 이름 운다인을 물려받을 자는 모습을 찾고 선택을 숭배하라.

퐁퐁~ 퐁퐁~ 펴엉~!

―많고 많은 운다인 가운데 상급 물의 정령이신 엔다이론님의 선택받음을 영광으로 생각하나이다.

이제 엔다이론이 된 운다인이 오른손을 허공에 한 바퀴 돌리자 엔다이론에게서 튀어나왔던 수많은 물방울들이 저마다 형상을 만들어내기 시작했다.

그것은 과거로 돌아왔던 영빈이 만난 운다인을 꼭 닮은 형상이었다.

형상을 찾아가는 그 물방울들은 저마다 변하며 너무나도 작고 앙증맞게 생긴 어린아이의 모습을 완성했다.

물의 정령 운다인들의 탄생이었다.

―위대하신 정령왕 엘라임님의 뜻을 받들어 나 엔다이론이 명하노니 너의 이름은 앞으로 운다인이 될지어다.

―감사합니다.

샤라라랑~ 휘이이익~

운다인들은 대답을 하자마자 갑자기 몸을 회전시키기 시

작했다.

이제 갓 네댓 살쯤 되어 보이는 아이가 돌기 시작하자 점차 그 크기가 커졌으며 이윽고 회전이 멈추었을 때는 같은 자리에 귀엽고 애교스러워 보이는 소녀로 변해 있었다.

원래의 운다인과는 약간 다른 이미지였지만 영빈은 한눈에 그녀가 새로운 운다인이 되었음을 직감할 수 있었다.

그리고 이와 비슷한 현상은 이후로도 세 번이 더 일어났고 장내에는 어느새 새로운 중급 정령들이 자리하게 되었다.

3

─모두 축하한다. 이제 지구에도 정령계가 조금씩 부활할 수 있는 바탕이 마련되게 되어 이 엘라임은 진심으로 기쁘다.

─감사합니다, 왕이시여!

─감사합니다, 왕이시여!

정령들이 허리를 굽히며 한목소리로 인사를 하자 영빈은 괜히 코끝이 시려왔다.

이 장엄하고 의미있는 모습에 감동을 받은 모양이다.

─아니다, 이 모든 공은 내가 받을 것이 아니라 바로 너

희의 주인님에게 해야 한다. 그가 너희를 발전시켰기에 정령계가 갈수록 활발해진 것이니까.

—감사합니다, 주인님!

이번에는 모두 영빈에게 진심을 담아 인사했다.

사실 자신이 한 일이라고는 그저 정령들을 쇠가 빠지게 부려 먹은 것이 전부인 그로써는 양심이 마구 찔리는 상황이었다.

—어서 인사를 받으렴, 영빈아. 네 마음은 내 알겠다만 네가 그렇게 한 것이 결과적으로는 정령들에게 큰 도움을 준 것이니 너는 충분히 인사받을 자격 있어.

'다들 고맙다. 앞으로도 잘해 보자.'

—네에~~!

모두가 기쁜 얼굴로 이렇게 대답했다. 그러자 다시 세레나가 입을 열었다.

—이제부터 상급 정령들은 네가 꼭 필요로 할 때만 모습을 보일 거야. 저들은 세계 곳곳으로 다니며 각기 자신들의 고유 정령들을 다스려야 하니까.

'그, 그럼 나는 이제 부터 혼자 움직여야 하는 거야?'

영빈이 놀라서 말까지 더듬으며 이렇게 되물었다.

사실 그 동안 정령들이 귀찮기도 했지만 그들 때문에 새로운 인생에 적응할 수 있었던 것이나 마찬가지였다.

그들은 그가 위험할 때는 그의 생명을 구해주었으며 그가 외로울 때는 친구가, 또 그가 곤란하거나 난처한 일에 처했을 때는 가장 기꺼운 동료가 되어 주었다.

그런데 이제 헤어져야 한다니…….

영빈에게는 정말 큰 충격으로 와닿는 일이라고밖에는 말할 수 없었다.

—그건 아니야. 아까도 말했지만 저들은 네가 원할 때는 언제든지 나타날 거야. 단지 지금처럼 늘 네 옆에만 있을 수는 없다는 거지. 그리고 어차피 넌 오늘부터 새로운 정령들을 훈련시켜야 하잖아. 애들아, 어서 주인님께 인사드리렴.

—안녕하세요, 실피아예요.

갑자기 세레나가 새로운 정령들을 훈련시켜야 한다며 방금 탄생한 중급 정령들에게 인사를 시켰다.

그러자 이번에는 운다인이 아닌 실피아가 가장 공손하게 인사했다. 그런데…….

—하암… 난 운다인. 안녕.

—안녕, 주인놈아! 난 샐러맨더!

—내가 노이아나요. 반갑소. 큼…….

건들건들…….

나머지는… 그야말로 전의 정령들보다 한 수 위였다.

영빈은 그들의 우스운 건들거림을 보자 은근히 부아가 치밀었지만 이미 이런 정령들을 어떻게 다루는지 충분히 몸에 배어 있었던 터라 억지로 화를 참으며 씨익 웃었다.

'너희들… 혹시 콘쵸가 먹고 싶지 않니?'

─콘쵸오~? 그게 뭔데?

이제 막 중급 정령이 되어서 그런지 아직 콘쵸의 그 마력적인 맛을 모르는 것 같았다.

그게 영빈을 더욱 신나게 하였다.

영빈이 아주 씨이익 웃으며 말을 이어나갔다.

'아주아주 맛있는 거지. 너희들 선배한테 물어보……'

─꺄아아아~ 주인님! 나도 나도 콘쵸 주세요옹!

─저도 콘쵸, 콘쵸가 먹고 싶어요!

그런데 기가 막힌 일이 벌어졌다.

콘쵸 소리가 나오자마자 이제 다 커서 엄숙한 상급 정령이 된 그들이 콘쵸 소리에 환장하며 영빈이 곁으로 달려오는 것이었다.

온갖 애교를 부리면서 말이다.

그 모습을 보게 되자 새로운 중급 정령들은 놀란 표정으로 입을 벌린 채 자신들의 상급 정령을 바라보았다.

꼭 부모의 예상치 못한 모습을 보고 깜짝 놀란 어린아이 같은 표정들이었다.

그러나 정신을 차린 중급 정령들이 영빈을 바라보았다.

뭔가… 있다!

―주인 놈아. 그 콘쵸 언제 줄 건데?

'줄 건데?'

―…요.

'허엄! 우선 이 주인님께서는 지금 너희의 왕과 의논할 일이 있으니 그 이야기는 나중에 하기로 하자. 지금은 모두 주인님의 용무가 끝날 때까지 기다려라.'

―네!

다시 한 번 느끼는 거지만 정령들은 정말로 단순하면서 순진했다.

그들은 순수 그 자체라 아무리 미워하려 해도 미워할 만한 구석이 전혀 없었다.

―그런데 영빈아, 진짜 왜 날 찾은 거지?

'내가 세레나를 찾을 때는 늘 두 가지 이유 때문이지, 하나는 우선 그동안 또 모아진 정령력을 나누어 주고 또 하나는 꼭 물어볼 게 있어서야.'

어느 정도 소동이 가라앉자 세레나가 먼저 질문을 했다.

영빈이 세레나를 찾는 경우가 그리 흔치 않기에 궁금할 수밖에 없는 것이다.

그런데 이때……

따르릉~

"야호~! 이제 정말 자전거 타기에 딱 좋은 날씨라니까."

"그러게……. 비록 끌려 나오긴 했지만 나오길 잘했네."

"거봐, 아무튼 여자 말을 잘 들으면 자다가도 떡이 나온다니까. 앞으로도 명심하라고! 호호!"

새벽 공기를 가르며 한 쌍의 남녀가 등장했다.

두 사람은 모두 자전거를 타기 위해 나온 것 같았는데 무척이나 행복해 보여 영빈으로 하여금 수아가 보고 싶게 만들고 있었다.

그리고 정령들이 전보다 자신들의 존재감을 키웠다고는 하지만 선택받은 자의 시선에만 들어오는 그들이었다.

평범한 인간의 눈에는 지금 주변을 가득 메우고 있는 정령들이 보이지 않는다.

여기에는 상급, 중급 정령들뿐 아니라 어느 샌가 찾아든 하급 정령들까지 온통 진을 치고 있었던 것이다.

─안되겠다. 우선 주변 정리부터 해야지……. 이제 주인님과 함께 훈련할 중급 정령들만 남고 모두 돌아가라.

─네, 왕이시여! 그리고 주인님… 다음에 봬요. 호호호…….

─그동안 너무 감사했습니다. 주인님. 앞으로도 자주 불러 주세요. 특히 콘쵸 드실 때 꼭이요.

그렇게 하나둘씩 사라져 가자 영빈은 괜스레 고개를 하늘로 향했다.

언제든지 보고 싶으면 볼 수 있겠지만 어쩐지 눈물이 날 것 같았기 때문이다.

그의 그런 모습을 보며 세레나는 고개를 끄덕였다.

과연 이 인간은 정이 많고 정령들처럼 순수한 마음이 남아 있다는 것을 다시 한 번 확인할 수 있었기 때문이다.

─이제는 영어를 잘한다며?

'으응……. 그동안 열심히 노력했거든. 그런 것으로 언제까지나 세레나의 신세를 질 수는 없잖아.'

세레나는 영빈이 자신을 불러낸 이유가 혹시 또 통역 때문인 줄 알았던 모양이다.

─그거 반가운 이야기이긴 한데 난 왠지 서운해지네. 마치 아이가 컸다고 엄마를 밀어내는 기분이랄까? 그런 묘한 기분이 들거든.

'뭐라고! 그럼 내가 애란 말이야?'

─호호, 농담이야, 겨우 농담가지고 흥분하긴……. 그러니까 어서 왜 날 불렀는지 말해봐.

영빈이 발끈하자 세레나가 웃으며 이렇게 말했다.

'사실은 세레나에게 내가 과연 정령들의 힘을 얼마까지 사용해도 되는지 묻고 싶었어. 가령 예를 들어 나의 사적인

욕심을 위해 그들의 힘을 써도 되는지 아니면 그런 것은 자제해야…….'

─무조건 돼. 네가 무슨 일을 하든 너는 지금 정령들에게는 명색이 주인님이야. 주인이라는 말에는 정말 무서운 뜻이 담겨 있지. 만일 네가 정령들을 향해 죽으라고 명한다면… 그들은 너를 위해 기꺼이 죽을 수도 있단다. 그런데 하물며 네 욕심을 위한 일이든 뭐든 주인님이 원하는 일인데 하는 게 정상이겠지?

'그렇구나! 듣고 보니 정말 그러네. 내가 주인님인데 당연히 따라야겠지. 하하하.'

세레나의 시원시원한 대답을 들으니 영빈은 가슴이 뻥 뚫리는 것 같았다.

자신이 대체 왜 고민을 했던 것인지가 이상해 질 정도로 그녀의 답은 명쾌했다.

─그럼 이제 말해봐. 대체 이번엔 또 무슨 짓으로 우리 애들을 괴롭힐 건데?

'괴롭히기는……. 훈련을 시키려는 것뿐인데… 사실은…….'

시원한 강바람이 불고 있는 5월의 한강 시민공원.

이곳에서 영빈은 하염없이 강을 바라보는 감성적인 청년이 되어 앉아 있었다.

남들이 보기에는 분명 이렇게 비춰질 것이다.

하지만 그는 그런 자세로 앉아 세레나와 상념을 통해 길고 긴 이야기를 나누고 있었다.

과거 세레나를 만나게 된 이유와 자신으로 하여금 자살을 결심하게 만들었던 회사 나르시에 관한 것은 물론, 앞으로 그들을 어떻게 하고 싶은지까지…….

사실 그들이 만나게 된 모든 것이 나르시와의 악연 때문이라 할 수 있지 않던가.

그렇기에 영빈과 세레나의 대화는 그 모든 것을 풀기 위한 일종의 감정 공유라 할 수 있었다.

그 이야기가 끝을 향해 갈 무렵이 되자 어느덧 어둠은 여명에 밀려 서서히 강변 너머로 사라져 가고 있었다.

동이 터오고 있는 것이었다.

─그랬구나. 저런 나쁜 놈들을 보았나. 그런 일이라면 더욱 걱정 말고 정령들을 활용해도 좋아. 겨우 그 정도로 신계의 눈총을 받지는 않아. 뭐 어느 정도 주의를 줄지는 모르겠지만 그 정도는 이 세레나가 커버해줄 테니 걱정하지마. 대신 화끈하게 혼내주라고. 그런 인간들 때문에 정령들이 자꾸 힘을 잃어가는 거거든.

'고마워 세레나. 역시 넌 최고야!'

가장 원했던 이야기를 들을 수 있어서 그런지 영빈의 얼굴에는 환한 미소가 떠올랐다.

이제 막 솟아오르는 태양보다 더 환한 미소가…….

4

점심시간이 시작되기 바로 직전, 영빈은 모처럼 주요 거래처에 나왔다.

바로 슈퍼마켓의 대모로 불리는 박순분 여사의 가게에 온 것이다.

"그러니까 나르시라는 곳 때문에 그 동안 우리 후배 회사에서 신제품을 보낼 수 없었던 거네??"

"네, 선배님. 당장 만들어 낼 수가 없으니 공급을 할 수가 없었던 거죠."

두 사람은 이미 이야기를 나누고 있던 모양인데 박순분 여사는 화가 났는지 목소리가 상당히 격앙되어 있었다.

"어쩐지 뭔가 이상하다고 생각하긴 했어. 그럼 이제 어떻게 해야 하지? 내가 도와줄 수 있는 게 있으면 말해봐. 우리 후배님이 곤란한 지경에 빠졌는데 모른 체 할 수는 없잖아."

"말씀만으로도 힘이 납니다. 하지만 아직은 견딜 만합니다. 단지, 잠시 동안만 저희 매대를 치워주십시오. 물론 오래는 아닙니다.”

“매대를 치우라고? 그렇게까지 심각한 상황이야?”

매대야말로 엘프 쥬얼리의 핵심이라 할 수 있는데 그걸 치우라고 하니 박순분 여사가 놀랄 수밖에.

매대를 치운 다는 건 장사를 포기 한다는 것 아니겠는가.

“그게 아니라 사실은요. 이렇게 해서 이렇게 되었는데…….”

결국 영빈은 지금의 상황을 좀 더 자세하게 설명하기 시작했다.

이런 경우 그럴싸한 포장보다는 차라리 진심을 가지고 접근하는 것이 낫다고 여겼기 때문이다.

“세상에… 어떻게 그런 파렴치한 기업이 있다니……. 업체 간의 경쟁은 이해할 수도 있지만 이건 완전히 가진 자의 횡포로군. 대체 저들이 돈이 얼마나 많다고 그러는지는 몰라도 돈이 필요하면 말해봐. 나도 후배에게 투자를 해줄 테니…….”

“그러실 필요없습니다. 저도 가만히 당할 수 없어서 지금 반격을 준비 중이니까요. 그리고 앞으로 또다시 이런 일을 당하지 않기 위해 공장까지 설립했으니 걱정하지 마세요.”

“공장까지? 그게 정말이야?”

이 대목에서 박순분 여사는 진짜로 놀랐다.

사실 처음에 영빈이 자신의 슈퍼에 찾아와 동업을 제안했을 때만 해도 젊은 학생다운 패기와 번뜩이는 아이디어가 대단하다고 생각하기는 했다.

하지만 거기까지였다.

사업은 머리로만 하는 것은 아니다.

거기에 충분한 경험과 필요한 노하우 그리고 든든한 자본 등, 사업에 필요한 것은 한두 가지가 아닌 것이다.

이미 몇 번의 실패를 경험삼아 이만큼 사업을 키워놓은 박순분 여사는 누구보다 그 점을 잘 알고 있었다.

그런데 지금 영빈은 자신의 상상을 훨씬 뛰어넘는 능력을 보여주고 있으니 놀랄 수밖에 없었다.

"네, 이미 가동 준비도 모두 끝난 상태입니다. 내일부터는 신상품 생산에 들어갈 예정이지요."

"어머, 신상품이 나오는데 왜 매대를 치우려는 거야? 지금 우리 가게에 오는 손님들은 후배님 회사의 제품에 푹 빠져 있다고. 게다가 가격은 싼데 비해 A/S까지 확실해서 인기 최고지. 그런 상황이라 신상품이 나오기만 하면 불티나게 팔릴게 확실한데 굳이 매대를 치울 이유라도 있어?"

박순분 여사의 의문은 당연했다.

엘프 쥬얼리의 매대가 깔려 있는 그녀의 슈퍼마켓은 모

두 열여섯 곳이나 된다.

그 모든 곳에서 엘프 쥬얼리의 액세서리가 호평을 받아 온 만큼 신상품이 깔리기만 하면 장사는 무척 잘될 게 분명한데 어째서 자꾸만 매대를 치우려고 하는지 답답하기만 했다.

"나르시의 견제를 잠시 피하기 위해서입니다. 우리가 계속 제품을 생산하고 거래를 한다는 것을 알게 된다면 나르시는 또 다른 방법으로 우리를 괴롭힐 게 뻔합니다. 하지만 우리는 아직 그들과 맞설 수 있는 준비가 덜 된 상태입니다. 물론 지금도 대응하기 위해 노력하고 있지만요."

"그렇다고 무조건 피하기만 한다고 해결될 문제는 아니잖아?"

그녀는 여자라도 이런 경우에는 부딪혀 싸워야 한다고 생각했다.

"계속 피하지는 않습니다. 그들이 가장 방심하고 있을 때 역공을 펼칠 생각입니다. 그런 기회를 만들기 위해서 지금 참으려는 거고요. 아니, 그들로 하여금 아예 우리 엘프 쥬얼리는 망했다고 생각하게 해야 합니다. 제가 선배님을 찾아온 진짜 이유가 바로 이것입니다."

"망했다고?"

"네, 아마 제가 가고 나면 가까운 시간 안에 우리 회사에 대해 물어보러 오는 사람들이 있을 겁니다. 그럴 때는 무조건 망했다고 답변해 주십시오. 여기뿐 아니라 다른 슈퍼마켓에도 마찬가지 대답을 하게 말입니다. 그게 지금은 가장 중요하면서도 꼭 해야 할 일입니다."

회사가 망했다는 소문이 나게 되면 여러 가지로 불리하다.

우선 지난 반년 동안 쌓아 올린 이미지가 무너지는 것은 말할 것도 없고 당장 재고품은 거의 버릴 지경에 처하게 될 것이다.

아무리 저가 브랜드의 상품이라 하나 거래하는 곳이 한두 곳이 아니니 그 손해도 만만치 않을 게 뻔하다.

"그럼 재고는 죄다 버릴 생각이야?

박순분 여사는 그 점이 가장 걱정이 되었던 모양이다. 당장 금적적인 손실이 날 테니 어찌 보면 당연했다.

"천만에요. 재고품들은 저희 공장에서 새롭게 재생산될 것입니다. 원래 주력 상품이 은제품이었기 때문에 크게 문제될 건 없습니다. 오히려 이번 일을 기회 삼아 우리 회사의 제품을 또 다른 이미지로 모조리 변신시키는 것도 나쁘지 않죠. 제게는 나르시든 그보다 더 큰 회사든 아무도 넘볼 수 없는 비장의 카드가 있거든요."

"비장의 카드? 그게 뭔데? 혹시 나한테도 숨기려는 것은 아니겠지?"

"하하! 숨길 이유가 전혀 없습니다. 그 비장의 카드는 바로 저만이 가지고 있는 아이디어와 감각이거든요. 두고 보십시오, 우리 엘프 쥬얼리가 이번에 얼마나 많이 달라지는지를……."

영빈의 당당한 발언에 박순분 여사는 한참을 깔깔대며 호방하게 웃어젖혔다.

그리고 곧 부드러운 미소를 지은 채 영빈의 말을 곱씹기 시작했다.

"호호호! 아이디어와 감각이라……. 하긴 우리 후배님 회사에서 만들어 왔던 액세서리는 정말 독특했지. 이 동네 사모님들까지도 살 정도였으니. 고급 액세서리가 아니면 쳐다보지도 않던 사람들인데 말이야. 알겠어, 후배가 그렇게까지 말하니 내 원하는 대로 해줄게. 망했다고 말하면서 눈물도 살짝 뿌려 줄 테니 걱정하지 마."

"감사합니다. 아마 다음에 올 때는 신상품과 함께 올 것입니다. 어이~ 최 주임!"

"네! 사장님!"

박순분 여사에게 깍듯한 인사를 하고 나자 영빈은 큰 목소리로 최 주임을 불렀다.

그러자 덩치는 커도 서글서글한 인상을 가진 최상국 주임이 밝은 얼굴로 들어왔다.

"인사 드려요. 이분은 우리 회사와 가장 많은 거래를 해 주시는 박순분 사장님이십니다. 앞으로 이곳에 오시면 특별히 더 신경 쓰셔야 할 겁니다. 제 선배님이시기도 하니까요."

"안녕하세요, 사장님. 엘프 쥬얼리의 최상국 주임입니다. 앞으로 잘 부탁드립니다!"

"어머, 그럼 이제 이재호 실장 대신 이분이 오는 건가?"

"네, 이 실장은 당분간 공장 일에 더 매달려야 해서요. 대신 우리 최 주임도 부지런하게 일을 잘하니 별 문제는 없을 겁니다."

"알았어. 이분도 인상은 괜찮네. 앞으로 우리 자주 봐요."

"네! 사장님!"

다행히 박순분 여사는 최 주임이 마음에 든 모양이다.

"자, 최 주임께서는 어서 우리 매대와 재고품들을 철수해 주세요. 나르시에서 언제 사람이 나올지 모르니 서둘러야 합니다."

"알겠습니다!"

영빈과 최 주임은 박순분 여사의 가게들을 그리고 이재

호와 다른 직원들은 나머지 거래처를 말끔하게 철수시켰
다.
　물론 모두에게 사정 설명을 하고 충분히 하고 앞으로의
계획도 살짝 귀띔해 준 상태로 말이다.

Chapter **05**

살벌한 무기를 득템하다?

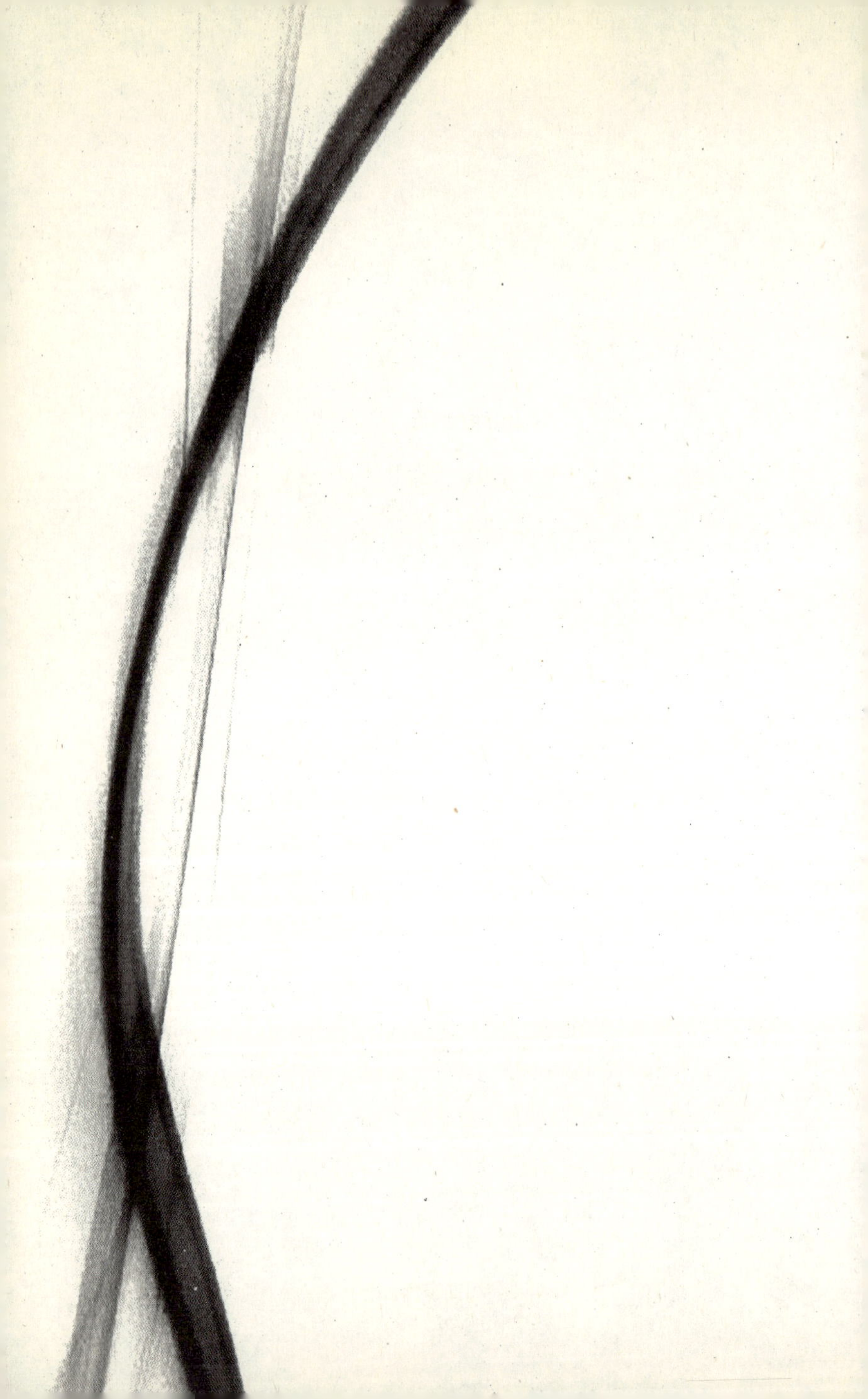

1

고급 가죽 소파에 앉아 있는 오십대의 중년인이 담배를 빼어 물었다.

그러자 그 중년인과 비슷해 보이는 연배의 또 다른 사람이 얼른 라이터를 갖다 대었다.

실내에는 이 두 사람 이외에도 삼십대 초반의 여자와 약 사십대 초반쯤으로 보이는 사내가 한 명 더 있었다.

중년인과 아가씨는 눈에 익었는데 바로 나르시 사장과 그때 함께 대화를 나누었던 여자였다.

"고맙군, 오 전무."

“별말씀을요.”

“휴우〜! 그래, 그놈들이 어떻게 되었다고?”

담배 연기를 길게 내뿜으며 사장이 이렇게 물었다.

그러자 여자 옆에 앉아 있던 사십대의 사내가 얼른 대꾸
했다.

“이미 남대문 시장에서는 더 이상 그들과 거래할 만한 가
게가 없었습니다. 얼마 전 유 사장과 슬쩍 거래하려다가 우
리 레이더망에 걸린 이후부터는 더 그렇지요. 게다가 이제
는 그쪽 시장을 모두 우리가 다 컨트롤하는 상황입니다.”

“그래서?”

“일단 물건이 없으니 장사를 할 수 없는 것은 당연하겠지
요. 최근 저희가 조사한 바에 의하면 이미 엘프 쥬얼리의
액세서리는 공급이 중단된 지 오래라고 합니다.”

사십대의 사내가 구구절절이 설명하는 것이 듣기 싫었는
지 사장은 담배를 들고 있는 오른손을 치켜들어 좌우로 흔
들었다.

“거 마 이사는 왜 그렇게 말할 때마다 서두가 길어? 요점
만 말하게, 요점만. 그래, 엘프 쥬얼리인지 뭔지가 망했다
는 게야 안 망했다는 게야?”

“망, 망한 것 같습니다.”

“에잉〜 속 터져라! 망한 거면 망한 거고 안 망했으면 안

망한 거지 망한 것 같습니다 는 뭐야? 지금 나랑 장난하자
는 겐가?”

“그, 그럴 리가요.”

이어지는 사장의 힐난에 사십대 사내 마 이사는 얼른 주
머니 속에서 수건을 꺼내 자신의 안경알을 닦기 시작했다.
당황했을 때 자신도 모르게 하는 습관적인 행동이다.

“서 팀장, 아무래도 안 되겠어. 자네가 말해봐.”

“네, 사장님. 말씀드리기 전에 우선 이것을 봐주시겠습니
까?”

“이건 뭔가?”

마침내 사장이 서 팀장을 부르자 삼십대 여성이 자신의
가방에서 뭔가를 꺼내 들더니 그것을 사장에게 건넸다.

그녀가 서 팀장이었던 모양이다.

“잠시만요. 다른 분들께도 이 자료를 드리고 나서 설명을
시작했으면 좋겠습니다만……”

“흐음… 그러게.”

당돌하긴 했지만 그녀의 그런 면이 오히려 마음에 들었
던 사장인지라 결국 허락했다.

그러자 서 팀장은 파일철로 되어 있는 자료를 오 전무와
마 이사에게도 전해주었다.

“방금 제가 드린 자료는 바로 엘프 쥬얼리에 관한 자료입

니다. 첫 페이지부터 적혀 있는 것은 엘프 쥬얼리가 주로 거래를 하고 있는 거래처입니다. 보이십니까?"

"그렇군. 허어, 말은 들었지만 이 녀석들은 정말 액세서리를 슈퍼마켓에서만 팔았던 모양이네. 어이가 없군. 대형 슈퍼마켓도 아니고 애들 과자나 사먹는 동네 구멍가게에서 액세서리를 팔다니……. 쯧."

자료에는 슈퍼마켓의 규모까지 기록되어 있었기에 사장은 한눈에 아주 큰 슈퍼마켓은 없다는 것을 파악할 수 있었다.

비록 박순분 여사의 슈퍼가 크기는 했지만 아무리 그렇다 해도 기업형 대형 슈퍼마켓이라고 볼 수는 없었다.

"맞습니다. 조사 과정에서 저희도 많이 실망했습니다. 쓸 만한 거래처라도 있었으면 은근히 우리가 흡수할 생각도 했었는데 그건 무산되었다고 해야겠죠. 단지 이런 작은 가게라고는 해도 거래처 숫자가 무려 백여 군데나 됩니다. 결코 적은 숫자는 아니지요."

"이봐, 서 팀장."

"네, 사장님."

"거래처만 많으면 뭐하나? 매출이 형편없을 텐데. 그놈들은 애초부터 사업을 한 게 아니라 여기저기 다니며 다리품이나 파는 장돌뱅이 노릇을 했던 거 같군. 안 그런가?"

나르시 사장이 거만한 태도로 이렇게 말하자 서 팀장은 잠시 그를 바라보다가 다시 입을 열었다.

"맞습니다. 슈퍼마켓에서 액세서리를 팔아봤자 몇 개 안 될 테고 거기에 그 제품들은 모두 저가 상품이지요. 몽땅 팔아 봤자 미미한 수준이었을 것입니다. 그렇기에 신상품 공급마저 안 되는 상황이 벌어지자 그런 거래처마저 하나둘 떨어져 나간 것이고요."

"그렇겠지. 그럼 지금 자네가 말하고 싶은 결론은 무엇인가?"

"결론은 간단합니다. 엘프 쥬얼리는 완전히 망했습니다. 조사해 본 바로는 그들과 거래했던 슈퍼마켓들마다 꽤 손해를 입은 것 같더군요. 신상품은 나오지 않고 재고만 쌓였을 테니 당연한 결과겠지만요. 지금 드린 자료를 우리 투자자들에게 준다면 그들도 분명 인정할 수밖에 없을 것입니다. 바로 두 번째 장부터는 그들이 재기할 수 없는 이유까지 나오니까요."

서 팀장이 이렇게 단호하게 결론을 짓자 사장은 잠시 그녀를 뚫어지게 바라보다가 갑자기 자리에서 일어났다.

짝짝짝!

"허허! 역시 서 팀장이야. 내 마음에 쏙 들게 일을 하는구먼. 내가 원했던 답이 바로 이거거든. 투자자들의 입맛에 딱 맞는 보고서 말이야. 아무튼 서 팀장 고생했어. 이번 투자가 유치되면 내 서 팀장에게 두둑이 특별 보너스를 지급해 주지."

"감사합니다."

까다로운 사장에게 칭찬을 받은 것만으로도 기분이 좋았을 텐데 보너스까지 준다니…….

서 팀장은 며칠 밤을 새워가며 팀원들을 닦달한 보람이 있다고 생각했다.

"자, 그럼 이제 오 전무와 마 이사는 투자자들과의 협상을 어서 끝내라고. 서 팀장이 만든 그 보고서를 가지고 말이야. 이제 귀찮은 녀석들이 사라졌으니 남대문 시장 놈들에게 바쳤던 돈을 회수하는 일은 서 팀장이 맡아보게. 지금까지 쓸모도 없는 재료를 비싼 돈 주고 가져왔으니 뭔가 대가를 받아 내야하지 않겠어?"

'도둑놈……. 하지만 저런 근성을 배워야 한다. 그래야 출세할 수 있어.'

꼬옥.

사장의 끝없는 욕심에 혀를 내두르면서도 서 팀장은 속으로 이렇게 생각했다.

그녀는 무슨 수를 써서라도 성공하고 싶었기에 저런 욕심 많은 사장을 오히려 닮으려 했다.

"어차피 이제 곧 그들에게는 대형 거래처가 우리 말고는 없기 때문에 우리가 원하는 대로 끌려올 수밖에 없을 것입니다. 소매점들만 상대해서는 자금회전이 원활하지 않을 테니까요. 그때부터 손해봤던 것 이상으로 뽑아내면 됩니다. 그들은 울며 겨자 먹기로 끌려올 수밖에 없을 테니 시간을 조금 두고 기다려 주세요."

"알았네, 내 다른 사람도 아니고 서 팀장 말이니 믿어주지. 남대문 상인들에 대한 문제는 전권을 줄 테니 서 팀장이 책임지고 알아서 진행하게."

"감사합니다!"

사장은 이제 곧 오십억이 들어온다는 생각에 들떠서 그런지 서 팀장에게는 특별히 더 관대한 것 같았다.

그 덕분에 그녀는 중책을 맡을 수 있었고.

하지만 이들의 이 모든 이야기는 한곳으로 고스란히 들어가고 있었다.

착실하게 녹음까지 되면서.

2

부우웅~!

날렵해 보이는 스포츠형 자동차가 무서운 속도로 달리고

있었다.

이 도로는 여름에는 거의 기다시피 하는 도로였지만 그 외에는 워낙 다니는 차가 거의 없어 달릴 만했다.

바로 강원도 정선으로 가는 국도였다.

2012년에도 평일에는 그리 막히지 않는데 1993년에는 오죽했겠는가.

―주인아! 어디 가는 거야?

'너희를 훈련시키러 가는 거다. 그리고 다시 말하지만 또 반말로 말하면 콘쵸는 없다!'

차는 영빈이 운전을 하고 있었다.

이 자동차는 최근에 구입한 중고차였다.

최근 기훈도 일이 많은 데다가 대부분 미스 존과 함께 다니는지라 그의 차를 계속 쓰기가 너무 미안했다.

그렇다고 회사에서 쓰기 위해 구입한 봉고차를 끌고 다닐 수도 없고 해서 저렴한 중고차 하나를 구입한 것이다.

물론 아직은 나이도 어린데 너무 좋은 차를 타는 건 시선을 끌 수 있다고 생각해 일부러 피했다.

―야, 노이아나, 주인한테 반말하면 안 된다고 했잖아. 너 때문에 콘쵸 못 먹으면 알아서 해. 아주 물속에 푹 담가 버릴 테다.

―치이, 내가 뭘 어쨌다고. 그래도 주인놈이라고는 안했

다 뭐…….

―둘 다 똑같아. 주인님한테 그런 식으로 말을 하니 우리 주인님께서 화를 내시지.

어쨌든 그는 지금 혼자 달리고 있었는데 갑자기 정령들이 끼어들었다.

그것도 원래의 익숙한 정령들이 아닌, 완전 생짜 초보 정령들이 말이다.

그들은 영빈이 단호하게 한마디 하자 이번에는 저희끼리 이렇게 투닥거렸다.

먼저 노이아나의 반말에 운다인이 끼어들었고 그 다음 실피아가 끼어들었다.

먼저의 정령들은 운다인이 가장 공손했는데 지금은 운다인과 실피아가 바뀐 듯해서 영빈이도 헷갈렸다.

'조용히 해! 너희들 자꾸 이렇게 시끄럽게 떠들면 훈련이고 뭐고 없으니 알아서 해!'

―…….

'훈련받고 싶어?'

―네!

―응!

―당근이지!

'그럴 때는 그냥 고개만 끄덕이라고!'

끄덕끄덕끄덕끄덕끄덕끄덕끄덕끄덕끄덕.

그야말로 이전 녀석들의 완전히 복사판이었다.

그렇게 골머리를 썩여 가며 이제 정말 쓸 만하다 싶었더니 이게 대체 무슨 날벼락이란 말인가.

잘 키워 놓은 정령들은 사라지고 또다시 약을 바짝바짝 올리는 녀석들이라니…….

게다가 저 고개 끄덕이는 속도와 횟수를 보니 만만치 않은 녀석들일 것만 같았다.

한숨이 나오는 일이었지만 영빈은 소리를 지른 후에도 억지로 마음을 가라앉혔다.

정작 아쉬운 것은 본인이었기 때문이다.

그렇게 정령들과 노닥거리며 얼마나 달렸을까.

마침내 영빈은 자신이 원하는 산세를 발견했는지 차를 세웠다.

'흠……. 이쯤부터 시작해 보면 되겠군. 자, 다들 이리 모여 봐.'

그러고는 지도를 꺼내 들어 주변 지세와 맞춰 보다가 정령들을 불러 모았다.

이건 마치 그가 처음 정령들을 훈련시킬 때와 비슷한 분위기였다.

─무슨 일인데요?

―혹시 콘쵸라도 주려는 게 아닐까?

'앞으로 내 말이 있기 전까지는 조용히 해라. 함부로 자꾸 떠들면 그땐 진짜 콘쵸는 없다.'

조용.

영빈은 이들을 처음 만난 날부터 콘쵸를 먹였다.

이미 한번 경험해 본 스타일들인지라 한눈에 골치를 썩겠구나 싶어 미리 약(?)을 친 것이다.

그리고 그의 그 예상은 적중했다.

왜 그런 것인지는 몰라도 확실히 정령들은 초콜릿에 약했다.

최근 영빈은 정령들이 콘쵸라고 부르는 그 초콜릿을 세레나에게도 줘볼까 생각중이다.

'지금부터 너희들에게 훈련 과제를 주겠다. 잘 들어라.'

끄덕끄덕끄덕끄덕끄덕끄덕.

'이게 바로 금이라는 것이다. 혹시 금이 뭔지 아는 정령은 손을 들어봐.'

―나 그게 뭔지 안다. 그거 내가 중급 정령이 되기 전에 가보았던 곳에 엄청 많이 있는데…….

'그, 그게 정말이냐?'

영빈이 정령들에게 보여준 것은 바로 금과 각종 보석의 그림이었다.

그가 세레나를 찾아가서 물어보았던 것은 바로 이런 일 때문이었다.

즉, 그는 사실 정령들을 이용해 지하에 매장되어 있는 금과 원석을 찾아내려고 했던 것이다.

물론 많은 양을 원한 것은 아니다.

또한 정령들의 그런 능력을 이용해 큰돈을 벌겠다는 욕심도 없었다.

단지 나르시를 단숨에 박살 내기 위해서는 필요했다.

그들을 박살 내기 위해 첫 번째로 할 일은 바로 그들이 생산해 내려는 보석과 액세서리랑 비슷한 제품을 만들어 훨씬 싸게 파는 것이 우선이었기 때문이다.

그러기 위해서는 보석들 역시 싸게 구입해야 했는데 그런 루트는 알 수가 없었다.

해서 고민을 하다가 떠올린 게 바로 정령들의 이용이었다.

그런데 방금 노이아나가 뜻밖의 말을 꺼낸 것이다.

―응, 이 금이라는 것 말고 다른 것도 많아. 이거 하고 이거… 그리고 이것도.

'거, 거기가 어딘데? 너 혹시 인간들의 가게에서 본 거 아니야?'

영빈이 직접 겪어본 바에 의하면 정령들은 절대로 거짓

말을 하지 못한다.

그가 보았다면 본 게 확실한 것이다.

그는 한편으로는 뭔가 짚이는 게 있어서 가슴이 두근거렸지만 다른 한편으로는 혹시 보석가게를 들어갔다가 본 게 아닐까 싶어 이렇게 물어보았다.

─아니야. 거긴 지하 깊은 곳인걸! 나나 다른 정령들이 아니고서는 들어갈 수 있는 곳이 아니야.

'그래? 거기가 어디쯤인데? 우선 가보자. 네가 앞장서면 내가 따라갈게.'

─여기에서 그렇게 멀지 않은 것 같아. 참, 나는 거의 땅속으로 다니니 잘 안 보일 거야. 대신 다른 녀석들이 날 따라오고 그 녀석들을 보고 주인이 따라오면 되겠다.

이렇게 해서 영빈은 다시 운전을 시작할 수밖에 없었다.

하지만 그는 지금 심장이 몹시 뛰었다.

그가 떠올린 생각은 바로 이것이다.

지하에 많은 보물이 있다는 것은 원인이 한가지뿐일 것이다.

그 보물을 누군가가 숨겨 놓았다는 것.

그것도 꽤 오래 전에 말이다.

정령들만 갈 수 있다는 것은 누군가 지하에 보물을 숨겼고 그 이후 인근 지반이 무너진 경우가 틀림없다.

즉, 그 보물에 대해서는 아무도 모른다는 뜻이다.

그러니 어찌 설레지 않을 수 있겠는가.

'아직 멀었어?'

—이제 거의 다 와가.

정령들이 향하고 있는 곳은 바로 태백시였다.

1993년 태백시는 아직 곳곳에 탄광이 남아 있을 때라 생각 보다 오가는 사람이 많았다.

영빈은 태백시에는 와본 적이 없었던 터라 이곳 풍경이 생소하면서도 신기했다. 광부들이 오가는 모습 때문이다.

그가 가지고 있는 단편적인 지식에 따르면 태백시는 일제 강점기 때 석탄이 발견된다.

그것을 일본인들이 알아보고 탄광을 처음 만든다. 그러다가 광복이 되었고 광복 이후 6.25전쟁까지 터지는 바람에 탄광산업은 발전할 틈이 없었다.

그러다가 1960년대에 들어서서 경제개발 5개년 등의 산업 발전과 맞물리면서 탄광 산업이 부흥하게 된다.

그렇게 발전한 이 지역은 1981년에 삼척군과 장성읍 그리고 황지읍이 합쳐져 태백시로 승격한다.

한때 인구가 13만까지 몰려들었으니 얼마나 호황이었겠는가.

하지만 영빈이 나타난 이 1993년 무렵에는 이미 점점 탄광이 문을 닫기 시작할 때였다.

특히, 이 해 8월에 탄광 속에서 인부 여섯 명이 갇혔다가 다섯 명이 죽고 기적적으로 한 명만 살아남는 사건이 터지면서 더욱 쇠퇴 일로를 걷다가 결국 탄광은 역사 속으로만 사라지고 만다.

물론 2012년에도 명맥을 유지하며 근근이 채탄작업을 하는 곳도 있지만 그야말로 손에 꼽을 정도이다.

어쨌든 이런 곳이라면 충분히 보물이 있을 수도 있겠다 싶었는데 정령들은 곧 그곳마저 지나쳐 점점 더 깊은 산속으로 들어가고 있었다.

3

정령을 믿은 게 바보다.

그것도 생초보 중급 정령을 말이다.

조금만 가면 된다더니 노이아나가 영빈이를 끌고 간 곳은 말 그대로 산 넘고 물 건너였다.

지도를 펼쳐 놓고 어느 지역인지를 먼저 찍었다면 별로 고생할 일도 아니었겠지만 초보 정령이 그따위에 신경 쓸 리가 없었다.

새로운 노이아나… 그는 그냥 일직선 거리로 이동했고

그 때문에 영빈이 고생은 이만저만이 아니었다.

'뭐야? 또 물이잖아? 이봐, 운다인.'

―응.

'너 이 차가 물 위로 달리게 할 수 있겠어? 그리 길지 않으니 가능하겠지?'

―글쎄……. 그런 건 해보질 않아서 모르겠는걸.

'끄응, 그럼 좋아. 우선 나부터 걸어갈 수 있게 해봐. 물 표면을 최대한 강하게 만들어 보는 거야. 알았지?'

―알았다, 주인.

불안하긴 했지만 개울의 넓이는 기껏해야 십여 미터.

깊은 곳이라 해야 영빈이 허리 정도라 충분히 가능할 거라 생각했다.

문제는 생각은 역시 생각으로 끝난다는 것이 문제였지만.

풍덩!

"으악! 차가워! 야! 내가 걸어갈 수 있게 해보라니까! 왜 밀고 난리야!"

찔끔.

―미안, 미안……. 난 또 주인 놈을 밀어서 후딱 건너게 하라는 줄 알았지.

시선을 다른 곳으로 두며 애써 모른 척 운다인이 말했다.

어찌나 화가 났는지 입 밖으로 버럭 소리를 지를 정도였다.

하지만 그 화는 갈수록 더해만 갔다.

요따위로 이야기하니 어찌 가라앉겠는가.

'으으……. 다시 한 번 기회를 주겠어. 만일 또 그러면 앞으로 운다인은 콘쵸 구경도 할 생각하지 마라. 알았지?'

—으앙~ 너무해.

'그럼 똑바로 하던가!'

—알았어……. 치이…….

누군가 이들에게 이제 막 중급 정령이 되어서 가장 좋았던 게 뭐냐고 묻는다면 모두 똑같은 대답을 할 것이다.

그건 바로 콘쵸를 먹어본 것이라고.

그런 만큼 방금 전의 영빈이 말은 운다인에게는 거의 사형선고라 할 수 있을 정도였다.

'자~ 다시 간다!'

찰박, 찰박찰박…….

영빈이 조심스럽게 한걸음 내딛다가 곧바로 걸어갔다.

그러자 이번에는 아무 이상 없이 걸을 수 있는 것 아닌가.

그야말로 대성공이었다.

'바로 이거야! 자 어때? 이제 차로 지나가도 괜찮겠지?'

─휴우……. 응! 주인! 이제 요령을 알 것 같아. 어서 해
봐.

부우웅~!

운다인의 말에 영빈은 얼른 차에 올라타더니 물을 향해
조금의 망설임도 없이 빠르게 달려들었다.

운다인을 믿지 않고서는 보이기 힘든 과감함이었고 그건
곧 또다시 성공으로 이어졌다.

─얏호! 성공이다. 운다인 축하해!

─헤헤……. 이 정도쯤이야…….

그 모습에 다른 정령들이 먼저 환호성을 질렀다.

그들도 긴장을 하고 있었던 모양이다.

하긴 이들은 이제 막 세상에 적응하기 시작한 정령들이
니 그럴 만도 했다.

지금은 상급 정령이 된 먼저의 정령들은 그나마 수백 년
이상을 중급 정령으로 지내다가 영빈을 만났지만 이들은
영빈이 보는 앞에서 중급 정령으로 재탄생하지 않았던가.

'후후, 잘했어, 운다인. 상으로 콘쵸를 주지. 물론 여기까
지 오느라 고생한 너희들도 같이 먹어야겠지.'

─와아~ 콘쵸다. 콘쵸……! 신난다~!

너울너울…….

마치 세상을 가진 것처럼 정령들은 진심으로 행복해하는

것 같았다.

그 모습을 보면서 영빈은 자신도 모르게 입가에 미소가 새겨졌다.

'이 녀석들처럼 살 수만 있다면 얼마나 좋을까? 큰 욕심을 부리지 않고 이런 작은 것에 행복해 할 수 있는 삶이라면 남부러울 게 전혀 없을 텐데……. 인간의 욕심은 생길수록 오히려 더 커지기만 하니……. 휴우…….'

그는 이런 생각을 하면서 정령들에게 콘쵸를 나누어주었다.

이제는 아예 차에 아이스박스를 준비해 그 안에 초콜릿을 한 가득 가지고 다닐 정도다.

아무튼 짧은 시간 동안이었지만 정령들은 마냥 행복하기만 했다.

그리고 또다시 험난한(?) 여정은 시작되었다.

"이건 또 뭐야? 아니 어째서 도로 한복판에 이렇게 큰 나무들이 떨어져 있는 거지? 젠장! 노이아나! 멈춰!"

도로 자체도 비포장이라 그렇지 않아도 가기가 수월치 않은 상황인데 이번에는 한 아름이 넘어 보이는 커다란 나무들이 도로를 완전히 막고 있었다.

─이제 진짜 조금만 더 가면 되는데…….

'휴우……. 진짜 속 터지는군, 이게 대체 벌써 몇 시간째

야. 멀쩡한 길로 갔으면 얼마 안 될 거 같은데……. 아무튼 어쩔 수 없지. 샐러맨더.'

—왜?

'이번엔 네 차례다. 저 나무 보이지?

—응.

'태워라. 완전히 태워서 재로 만들어라. 그런 다음 실피아.'

—응 주인아.

'네가 바람으로 깨끗이 쓸어버려라! 둘 다 알겠지?

—알았어!

'그럼 실시!'

영빈이의 명령이 떨어지자 샐러맨더가 먼저 힘을 쓰기 시작했다.

—타올라라. 나의 불길이여! 타투샤~!

화르륵~!

같은 급의 정령들이면 같은 정령력을 쓰는 것인지 새로운 샐러맨더 역시 불을 사용할 때는 타투샤라는 주문을 외쳤다.

그러자 그 큰 나무에 순식간에 불이 붙었고 그 불길은 빠르고 거대하게 타올라 모든 나무들을 태우기 시작했다.

만일 일반 사람이 나무에 불을 붙여 태우려고 했다면 족히 몇 시간 이상은 타야 재로 변할 텐데 정령이 불러낸 불은 달라도 한참 달랐다.

겨우 십 분여 만에 그 큰 나무를 모조리 재로 만들어 버렸으니 말이다.

―이제 내 차례네. 불어라 바람아! 멜레인~!

위잉~! 촤아아아~

그리고 곧 매서운 바람과 함께 장내는 깨끗하게 정리되었다.

언제 이곳에 나무가 있었는지 아예 그 흔적마저 사라져 버렸던 것이다.

과거 영빈은 정령들의 훈련을 돈 벌 목적으로 하더니 이번에도 역시 마찬가지였다.

보물을 찾는다는 것은 아무리 핑계거리가 있다 해도 엄청난 돈벌이임에는 분명했다.

―여기다! 역가 틀림없어!

'찾, 찾은 거냐?'

―응, 주인. 비록 그 사이에 땅이 더 꺼지고 그로 인해 지형이 많이 달라지긴 했지만 아무리 그래봤자 내 눈을 속일 수는 없지. 이 안에 아까 봤던 그 금이라는 게 잔뜩 들어 있어. 벌써 금 냄새가 나는걸 뭐.

명색이 땅의 중급 정령이다.

뭐가 됐든 일단 땅속에 있는 한 노이아나의 눈을 피해 갈 수는 없었다.

애초 영빈도 그 점을 이용해 사람들이 모르고 있는 금광을 찾으려 했던 것 아니겠는가.

'좋았어, 그럼 이제 그것들을 밖으로 꺼내보자. 할 수 있겠지?'

—응, 당연하지. 실피아가 조금 도와주면 원형 그대로 들어낼 수도 있어.

—내가 꼭 도와줘야 해? 귀찮은데…….

노이아나의 말에 실피아가 시큰둥한 표정으로 이렇게 말했다.

'좋아. 만에 하나 너희들이 그것을 원래의 형태 그대로 꺼낸다면 이 주인님이 오늘 콘쵸를 제대로 쏘겠다. 어때?'

—노이아나, 노이아나! 내가 뭘 하면 되지?

콘쵸 소리에 실피아의 태도가 간단히 바뀌었다.

—큭큭……. 그건 간단해. 내가 안으로 들어가서 땅의 하급 정령들과 함께 굴을 팔 테니 넌 그때 흙들만 불어내 주면 돼.

—알았어. 그럼 어서 시작하자. 나 콘쵸 고프거든.

—오케이~!

두 정령은 서로 이렇게 상의하더니 곧 땅속으로 사라져

버렸다.

그리고 얼마 후…….

위이이잉~! 퍼석~ 터억!

마침내 커다란 궤짝 하나가 땅밖으로 모습을 드러냈다.

한눈에 보기에도 무척이나 오래된 것 같은 그런 궤짝이었다.

4

1910년 일본은 대한제국을 합병한 후 대한제국의 영토를 조선으로 개칭했으며 기존의 통감부를 폐지하고 더 강력한 식민통치 기구인 조선 총독부를 설치했다.

이렇게 만들어진 조선 총독부의 제팔대 총독이었던 고이소 구니아키는 1942년 10월 조선어학회 사건을 조작해서 독립지사를 검거하는 한편 조선청년 특별 연성령을 공포, 17~21세의 청년에게 군사 훈련을 시켰다고 알려져 있다.

1943년 8월에는 징병제를 실시하여 수많은 청년들을 죽음의 전장으로 붙잡아 갔다.

그리고 이것도 부족하여 그는 11월 학도병 지원제를 실시하여 많은 학생들을 학도병으로 끌고 갔다.

뿐만 아니라 1944년 8월에는 학도동원본부 규정을 공포

하고, 국민학교(지금의 초등학교) 4학년 이상에서 대학생까지 동원 체제를 확립하기까지 했다.

한국 국민에게 커다란 불행과 고통을 안겨준 그야말로 쳐죽여도 시원치 않은 장본인이라 할 수 있다.

영빈은 궤짝을 여는 순간, 그 속에 적혀 있는 한자 이름을 보고는 이 궤짝이 바로 이 고이소 구니아키(小磯國昭)에 의해 만들어졌음을 알 수 있었다.

원래의 영빈은 비록 공부는 잘 못했지만 워낙 역사를 좋아 하다 보니 이자에 대해서는 어느 정도 알고 있었던 것이다.

하긴 천하에 나쁜 놈이니 더 기억이 쉬웠는지도…….

"그랬군, 결국 이 보물 상자는 구니아키 이 새끼가 우리 조상들의 재물을 빼앗아 감추어둔 것이로군. 만일 당시에 갑작스럽게 총리대신으로 임명되어 세계대전을 이끌기 위해 부랴부랴 본국으로 돌아가지 않았다면 남아 있지도 않았겠지. 돌아갈 때만 해도 곧 다시 한국으로 돌아와 되찾아 갈 수 있다고 생각했을 거야. 설마 일본이 패전국이 되어 다시는 우리 땅을 밟지 못하리라고는 상상도 못했겠지. 빌어먹을 놈……. 캬아~ 퉤이~!"

민영빈은 과거 우리나라 독립을 위해 2천만 동포에게 유서를 남기고 장렬하게 산화하신 고 민영환 선생의 후손이다.

그런 만큼 지금 더욱 분노하고 있는지도 모른다.

하지만 이미 지나간 과거인데 이제 와서 어찌하겠는가.

영빈은 아주 잠깐 동안 언젠가 돈을 더 벌게 되면 경제력을 이용해서 일본에 복수하겠다는 생각을 떠올렸지만 곧 고개를 흔들었다.

아직은 요원한 일인데다가 지금은 당장 나르시부터 처리하는 게 우선순위였기 때문이다.

"이 문서는 나중에 자세히 알아보기로 하고 어디 그 새끼가 얼마나 모아 놨나 한 번 볼까? 노이아나 다시 부탁해."

—알았어, 타툰!

덜커덕… 끼이익…….

궤짝은 이단 구조로 되어 있었다.

처음 뚜껑을 열면 서류가 나타나게 되어 있었는데 그 서류는 일본어로 표기가 되어 있어 당장 영빈이 해석하기가 어려웠다.

단지 한자만 어느 정도 알아보는 게 전부였다.

그리고 그 바로 아래는 또 다른 입구가 나타나는데 거기에도 자물쇠가 채워져 있었다.

때문에 영빈은 노이아나를 불러 그 자물쇠를 부수게 했던 것이다.

자신도 이 정도 낡은 자물쇠를 부술 수는 있었지만 자신이 부수다가는 궤짝까지 작살날 확률이 높았기에 어쩔 수 없었다.

"우와~ 이, 이거야말로 진짜 보물 상자로구나. 금괴는 그렇다 쳐도 역사적인 유물까지 있었을 줄이야……."

궤짝 속에는 실로 엄청난 양의 보물이 숨겨져 있었다.

족히 1킬로그램은 나갈 것 같은 금괴만 해도 백 덩어리 이상은 있는데다가 각종 보석은 물론 심지어 정교하게 조각되어 있는 유물도 나왔다.

하지만 더 기가 막힌 것은 이게 전부가 아니라는 점이었다.

―주인, 나머지도 꺼내 올까? 혹시 몰라서 하나만 꺼내왔는데…….

'뭐라고! 더 있다고?'

―응, 남은 상자가 네 개 더 있는데 거기에는 모두 금만 들어 있는 거 같아. 금 냄새만 나거든.

노이아나의 말에 영빈은 그 자리에 주저앉고 말았다. 아무리 그라 해도 너무 놀란 것이다.

어쨌든 그렇게 해서 얻은 순금은 대략 잡아도 무려 500킬로그램 이상은 되었다.

1돈짜리 순금 반지를 만든다면 무려 13만 3천개 이상을 만들 수 있는 양이었으며 돈으로 환산하면 1993년 당시 금값으로 계산해도 무려 70억 가까이 된다.

거기에 다른 보석과 유물까지 합친다면 금액은 그야말로 상상을 초월할 정도였다.

"하하… 하하하! 나르시……. 전생부터 나를 괴롭혀온 너희들……. 네놈들을 응징하라고 하늘에서 나에게 이런 무기를 선물해 주신 게 분명하다."

얼마나 기뻤는지 영빈은 그야말로 통쾌하게 웃고 말았다.

—주인아, 혹시… 혹시 말인데… 머리가 어떻게 된 거니? 왜 이 깊은 산속에서 웃고 난리지?

'그건 지금 이 주인님께서 너무 기분이 좋아서 그런 거야. 좋아! 오늘은 정말 너희들에게 거나하게 한 턱 쏘마. 그런데 참…….'

—……?

'이봐 노이아나. 그 안에 또 남아 있는 것 없어? 금이 들어 있지 않은 상자든지 아니면 인간의 손이 닿았던 물건 같은 거 말이야.'

이제 철수를 하려고 막 일어나던 영빈은 무슨 생각이 들었는지 노이아나에게 이렇게 말했다.

혹시라도 뭔가 또 역사적으로 필요한 유물이 있을까 싶

어서 물어본 것이다.

세월이 흘러도 이렇게 깊은 상속까지 누가 개발하긴 어려울 테고 그러다 보면 유물은 아예 알아볼 수조차 없게 될 가능성이 높지 않겠는가.

―그런 건 없고 단지 인간의 뼈만 수북이 있어. 아무리 안 되어도 열 명 가까이는 죽은 거 같아. 그거라도 파올까?

'그, 그건 참아라. 일단 이 궤짝들부터 차에 실자. 끄응 차…….'

대략 짐작은 했지만 역시 구니아키는 잔인했다.

그는 보물의 비밀을 알고 있는 사람을 줄이기 위해 심복에게 살인을 명한 게 틀림없었다.

그렇지 않고서야 이런 깊은 산중에 한꺼번에 모여 죽은 사람이 그렇게 많을 리가 없었다.

―가끔 보면 우리 주인도 바보 같아. 이거 그냥 땅바닥으로 밀어서 차 근처로 보내면 간단할 텐데……. 안 그래?

―키득키득. 맞아, 실피아.

영빈은 진짜 바보처럼 그 크고 무거운 궤짝을 머리통 위에 얹은 채 낑낑거리다가 그 소리를 들었다.

자신이 너무 흥분해서 그런 것이긴 했지만 미리 말을 안 해준 정령들도 얄미웠다.

터억!

‘일찍 짐을 실어야 콘쵸도 빨리 먹을 텐데……. 끄응…
어깨야…….’

—다들 어서 서둘러!

휘리릭~ 위이잉~!

상자를 꺼냈던 곳부터 차까지는 대략 이백여 미터.

산에서의 그 거리는 결코 짧은 거리가 아니었건만 불과
일분도 채 되지 않아서 상자들은 영빈의 차 바로 옆으로 옮
겨져 있었다.

Chapter 06

철저한 반격 준비

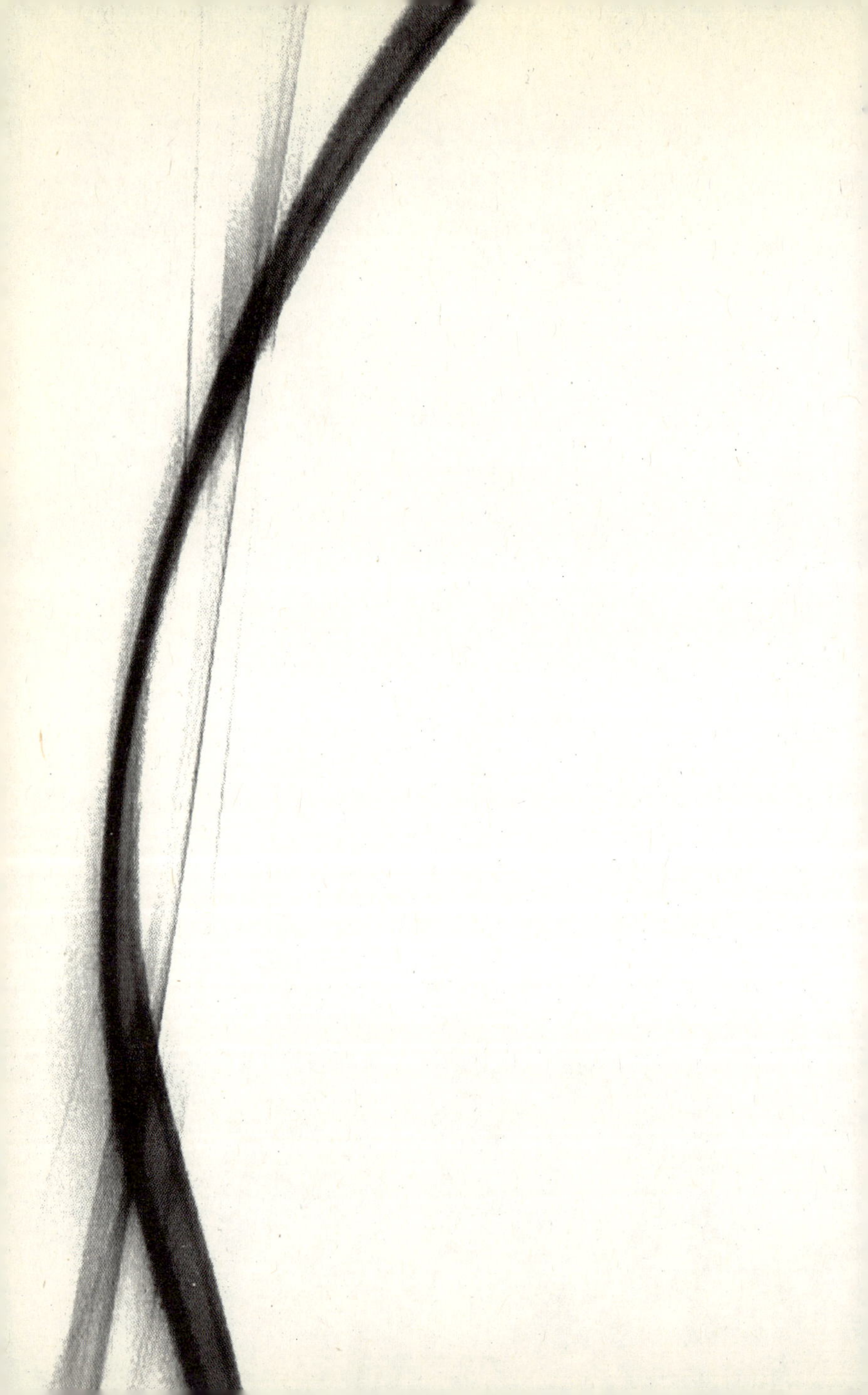

1

　궤짝을 차에 실은 영빈은 갑자기 고민을 하기 시작했다.

　보물을 발견했다는 기쁨 때문에 들뜨긴 했지만 막상 현장을 떠나려고 하니 뭔가 찜찜했다.

　'엄청난 양이긴 하지만 그 당시의 상황을 생각해 보면 이건 분명 구니아키가 개인적으로 슬쩍 챙기려고 했던 보물이 분명해. 원래는 일본 정부로 가져가야 옳았겠지만 욕심이 생겼겠지. 어쨌든 결국 이 보물은 우리 조상들의 것이다. 그렇다면 정부에 기증을 해? 아니지. 그렇게 하기는 싫다. 그래봤자 별 의미가 없을 테니까……. 그럼 어떻게

하지?'

그의 고민은 바로 이것이었다.

이 엄청난 보물을 뭔가 더 의미있게 써야 한다는 생각이 든 것이다.

물론 금은 이미 나르시를 박살 내는데 쓰기로 마음먹은 지 오래다.

영빈은 평소 스스로를 정의의 사도라고 생각하거나 바른 사나이라고 여긴 적이 없는 사람이다.

그러기에는 세상을 너무 잘 알았다.

'일단 첫 번째로는 애초 계획대로 나르시를 잡는 데 쓴다. 그것이 성공하고 나면 회사에서 발생하는 수익금 중 일부를 위안부 할머니들과 독립용사의 후손들 가운데 형편이 어려운 사람들을 돕는 데 사용하자. 그게 가장 좋은 방법인 것 같아.'

한참을 생각하던 영빈은 마침내 이런 생각을 해냈다.

어차피 그의 계산대로라면 나르시를 잡는데 그리 많은 시간이 들어가지 않을 터.

그리고 그 이후부터 그의 사업은 더욱 가속을 붙여 탄탄대로를 걷게 될 것이다. 물론 그로 인해 벌어들이는 수입도 엄청날 테고…….

그렇게 벌어들인 수입 일부를 저렇게 쓴다면 보물의 가

치 이상으로 사용될 것이다.

효율성 역시 정부에 기증하는 것보다 훨씬 낫다는 게 그의 판단이었다.

아직도 대한민국 정부는 우리 조국을 위해 희생되었던 사람들에 대한 보상이 미비하다.

특히 이 무렵의 정치권이 최악에 가깝다는 것을 잘 알고 있는 영빈으로써는 이게 최선의 생각이었다.

'그런데 유물은 어떻게 하지?

그가 아무리 유물에는 문외한이라 해도 금과 청동으로 만든 이 아름다운 조각상들은 아주 특별하고 귀한 것이 분명해 보였다.

오랜 역사를 지닌 게 뻔한 이 유물들을 사라지게 할 수는 없었기에 그는 또다시 깊은 고민에 빠졌다.

―주인아! 콘쵸는 언제 줄 건데? 콘쵸 주라, 콘쵸!

'내가 준다고 했으면 준다. 그러니 조용히 해라. 이렇게 시끄럽게 떠들거나 자꾸 주인한테 반말을 하면 콘쵸는 없다. 대신 착하게 있으면 콘쵸를 많이 줄 거야.'

―네에……

금방 정령들이 조용해졌다.

바로 그때였다.

영빈은 갑자기 좋은 생각이 떠올랐다.

"그래! 유물은 수아 아버지와 상의하면 되겠구나. 정령들이 꺼낸 거라 발굴 현장은 거의 원형 그대로다. 내가 우연히 발견한 것이라고 이 금비녀만 가지고 가서 상의를 하자. 그러면 아버님께서 알아서 처리하실 수 있을 거야. 하하하! 이렇게 간단한 걸 가지고 괜히 고민했네."

영빈은 환하게 웃으며 부랴부랴 궤짝을 열더니 유물만 가려서 꺼냈다. 그러고는 그것을 조심스럽게 안아 들고는 얼른 발굴 현장 입구로 다시 올라갔다.

'노이아나 그리고 실피아!'

—응, 주인…….

두 정령이 힘없이 대꾸했다.

콘쵸가 먹고 싶어 죽겠는데 영 주지를 않자 맥이 빠진 모양이다.

'이 유물을 아까 그 자리에 가져다 놓고 와. 상자가 있던 흔적은 말끔히 지우고. 알겠지?'

—휴우…….

'제대로 해놓으면 아까 약속한대로 콘쵸를 실컷 먹게 해 주겠다니까.'

—실피아, 뭐해? 어서 주인님께서 들고 있는 것들을 가지고 따라와야지!

이번 정령들은 어쩐지 전의 정령들보다 더 단순한 것 같았다.

그래도 처음 녀석들은 눈치 보는 거라도 있었는데 이 녀석들은 그야말로 노골적으로 콘쵸를 밝혔다.

하지만 영빈은 그저 빙그레 웃기만 했다.

녀석들의 그런 모습도 너무 귀여웠기 때문이다.

―시키는 대로 했다, 주인아.

'좋아. 그럼 이제 우리 공기 맑은 곳에서 콘쵸를 실컷 먹어 볼까?'

이름도 모르는 산중이었지만 이곳의 공기는 정말 좋았다.

아니 공기만 좋은 게 아니라 멀리 내려다보이는 풍경도 그림처럼 아름다웠다.

영빈은 차있는 곳에 도착하자마자 돗자리를 깔았다.

자신도 이곳에서 도시락을 먹기 위해서다.

이 도시락은 집을 나설 때 착한 동생 윤아가 싸준 것이다.

윤아는 영빈이 사먹는 음식을 별로 좋아하지 않는다는 것을 기억하고 있었다.

"오빠, 오늘 지방으로 출장 간다며? 그럼 이거 가지고 가. 내가 새벽에 일어나서 싸 놓은 거야."

“이게 뭔데?”

“뭐긴……. 오빠가 좋아하는 윤아표 도시락이지. 헤헤…….”

“진짜?”

순간, 하마터면 영빈은 주책없게 눈물을 흘릴 뻔했다.

2012년 그가 자살을 결심했을 당시에 윤아와 마지막 통화를 했던 기억이 났기 때문이다.

그때 윤아는 잔뜩 힘겨워하고 있는 오빠에게 이렇게 말했었다.

“오빠, 밥은 먹은 거야? 아무리 사업이 힘들어도 밥은 거르지 마. 그리고 언제 우리 집에 한 번 와. 내가 보태줄 건 없지만 집에서 한 밥을 좋아하는 오빠를 위해 따뜻한 밥 한 끼는 대접할 테니까. 알았지?”

엄마는 돌아가시고 현아는 아예 인연을 끊었던 상태였기에 그 당시 영빈이 세상에서 유일하게 전화라도 할 수 있는 핏줄은 윤아 하나밖에 없었다.

그 생각이 떠오르자 갑자기 울컥했던 것이다.

그리고 그로 인해 더욱 그때의 잔인했던 나르시가 밉게만 느껴졌다.

나르시…….

그때나 지금이나 절대 용서할 수 없는 사회의 악이었다.

─와아아~ 콘쵸다!

'기다려.'

멈칫…….

아침의 기억을 떠올리면서도 영빈은 만찬을 준비했다.

자신의 도시락을 먼저 올려놓고 그 다음은 초콜릿을 가지런히 나열해 놓았다.

바로 그때 정령들이 환장을 하고 달려들려고 했던 것이다.

영빈의 제지에 모두 허공에 침을 삼키며 멈추었지만…….

"오늘 너희가 너무 고생했다. 이건 열심히 훈련(?)에 임해준 상이야. 자~ 이제 먹자!"

영빈은 오늘 일도 훈련이라고 우겼다.

─꺄아아아~ 콘쵸 먹자!

─와아아~ 콘쵸다, 콘쵸! 여기도 저기도 온통 콘쵸들이다!

기껏 해봐야 슈퍼마켓에서 팔고 있는 초콜릿 10개가 전부였다.

사람이라면 혼자서도 다 먹을 수 있는 분량이었지만 정

령들은 그것을 너무나도 행복한 표정으로 먹기 시작했다.

그들은 그렇게 좋아하는 초콜릿이지만 절대 한꺼번에 무식하게 먹지는 않는다.

자신의 몫으로 정해진 것만 가지고 마치 경건하게 기도하듯이 천천히 초콜릿 안에 들어 있는 '콘쵸'를 흡입한다.

그러고는 금방 만면에 미소를 지으며 잠시 동안 허공을 너울거리고 날아다닌다.

너무 좋다는 의사 표현이다.

'다들 좋아?'

끄덕끄덕끄덕…….

'하하! 그래, 나도 너희들이 좋아하는 걸 보니 좋다.'

—호호호.

—하하하.

정령들의 맑고 환한 웃음소리를 듣자 영빈은 새로운 투지가 끓어올랐다.

이제 과거와 달리 그와는 공존할 수 없는 나르시가 삭제당할 시간이다.

2

위잉~ 철커덕…….

시끄러운 소리가 나고 있는 공장 내부는 의외로 분위기
가 좋았다.

다들 환한 표정으로 열심히 일하고 있었기 때문이다.

"얘, 경미야! 그렇게 졸다가 손가락 잘리고 싶어?"

"어머……. 졸긴 누가 졸았다고 그래? 끈이 잘 안보여서
한창 찾고 있는 중이었고만……."

경미와 방금 그녀에게 소리쳤던 미연인 서로 친구 사이
다.

그것도 벌써 십여 년을 함께해 온 친구였다.

두 사람은 모두 남대문 액세서리 공장에서 일을 해왔다.

그것도 가정 형편이 좋지 않아 겨우 열다섯 살 때부터 했
으니 나이에 비해 이쪽 일에는 베테랑이었다.

"그나저나 우리 공장 너무 좋지 않니? 일단 이렇게 밝은
곳에서 일을 할 수 있다는 게 꿈만 같아."

"겨우 밝은 것만? 기계 설비는 또 어떻고? 최신형이라 그
런지 위험성도 없고 일도 훨씬 빠르잖아. 게다가 가장 마음
에 드는 건 월급 외에 성과금이 있다는 것 아니겠어?"

경미의 말에 미연이 이렇게 받아쳤다.

마치 서로 이곳이 왜 좋은지 경쟁이라도 하는 것 같았다.

"맞아! 지금까지 있던 공장은 사장들이 악착같이 일만
시켜 먹으려 했지 우리를 위해 해준 것은 아무것도 없었

잖아."

이들은 지금 정말로 일을 즐기면서 하고 있었다.

그 이유는 바로 이들의 대화 속에서 나타났다.

근무 환경도 좋은 데다가 성과금이라는 제도가 이들로
하여금 즐겁게 일할 수 있는 계기를 제공했다.

성과금이란 같은 시간 일을 해도 일의 분량이 예정했던
것보다 많을 때 주는 일종의 보너스였다.

예를 들어 한 사람이 하루 100개의 머리핀을 만들어야
하는데 그 사람이 열 개를 더 만들었다면 열 개만큼 일정
금액을 더 주는 식이다.

물론 분업화되어 있기 때문에 각자 하는 일은 달랐지만
그 일에 맞게 공평한 규정을 만들어 놓아서 그 누구도 불만
을 이야기하지 않았다.

"그런데 요즘 만드는 것은 정말 예쁘더라. 회사 규정만
아니었으면 나도 벌써 몇 개는 가져가서 썼을 거야."

"그건 나도 그래. 하지만 공장장님 이야기 못 들었어? 신
상품은 출시 전까지는 절대 하고 다니면 안 된다잖아. 만일
출시 전에 비밀이 노출되면 회사에 큰 타격을 입을 수도 있
대. 그러니 참자. 회사가 잘돼야 우리도 계속 일을 할 수 있
을 거 아냐."

이번에는 미연이가 말을 걸었자 경미가 어른스러운 말투

로 이렇게 대꾸했다.

"당연하지. 우리가 이 일만 한 지가 벌써 십 년이잖아. 그동안 다녀본 공장이 세 개나 되고……. 그뿐이냐? 같은 업종에서 일하는 사람치고 우리가 모르는 사람이 있을까?"

"아마 없을걸."

미연의 질문에 경미가 잠시 고개를 갸웃거렸다. 기억을 되살려 보는 모양이다.

"그런데 그 누구도 이렇게 좋은 공장이 있다는 것은 모를 걸? 우리 역시 처음이고……. 너도 입사할 때 만났던 이재호 실장님인가 하는 그 젊은 분 기억하지?"

"아, 그 착하게 생기신 분? 당연히 기억하지."

"그분이 그랬잖아. 우리 회사는 열심히 일하는 사람에게는 무한한 가능성이 열려 있다고 말이야. 특히, 우리처럼 공장 일을 하는 사람도 좋은 아이디어를 제공하면 승진할 수 있는 기회가 얼마든지 있다고 했어. 난 그래서 요즘 집에 가면 밤마다 새로운 액세서리 모델을 연구하고 있다? 너 앞으로는 나한테 잘 보여야 할걸? 호호."

미연이 이렇게 큰소리를 치자 경미는 어이없다는 듯 웃고 말았다.

그녀가 아무리 그래봤자 자신들은 일개 공순이일 뿐이라는 의식이 자리해 있었던 모양이다.

하지만 어쨌든 공장안은 이렇게 희망적인 이야기들로 가득 차 있었다.

이들은 과거에는 먹고살기 위해 어쩔 수 없이 일을 했지만 지금은 달랐다.

이젠 더 나은 삶을 위해 일을 했던 것이다.

이 두 가지의 차이가 별 게 아닌 것 같지만 알고 보면 일의 효율적인 측면에서 엄청난 차이가 생긴다.

집중력이 높아지기 때문에 불량률은 그만큼 낮아지며 그럼에도 생산량은 늘어나니까 말이다.

"다들 정말 열심히 일을 하고 있군요."

"그게 다 사장님의 방침이 워낙 좋아서 그런 겁니다. 이때까지 악덕 기업주에게 노동력 착취만 당하던 녀석들입니다. 하지만 이곳은 인간적인 대접은 물론 일한 만큼 벌 수 있는 곳이니 그야말로 천국이나 다름없는 거죠."

공장 내부의 그런 분위기를 보며 흐뭇한 미소를 짓던 영빈이 공장장 최태식에게 말을 걸었다.

그러자 최태식은 모든 공을 영빈에게 돌렸다.

하긴 그의 말은 틀린 것이 아니다.

일개 공원의 의견을 회사 정책에 반영하는 일은 이 당시 영빈 말고는 그 누구도 생각할 수 없는 일이라 할 수 있었다.

"제가 오늘 여기에 온 것은 공장장님의 보고 가운데 특별한 것을 발견했기 때문입니다. 임미연 씨가 누구입니까?"

"아, 그녀는 이쪽 일만 한 지 꽤 된 베테랑 기술자입니다. 비록 중학교밖에 나오지 못했지만 워낙 눈썰미가 좋고 성실해서 제가 적극적으로 스카우트해온 아가씨입니다. 의리까지 있어 친구와 함께 가지 않으면 오지 않는다고 해서 친구도 같이 입사시켰습니다."

"그것 참 괜찮은 사람 같군요. 저는 일단 의리있는 사람이 좋거든요."

최태식의 말에 영빈이 살짝 미소 지으며 이렇게 말했다.

"보고서에서 보셨겠지만 이번에 그녀가 내놓은 아이디어는 저도 아직까지 보지 못했던 디자인입니다. 아마도 그동안 쭉 이쪽 밥만 먹다 보니 보는 시각도 달랐던 모양입니다. 거기다가 아직 나이가 많지 않으니까요."

"몇 살입니까?"

"올해 스물다섯 살입니다. 하지만 경력은 십 년이나 되지요."

겨우 스물다섯 살인데 경력이 십 년이라는 말에 영빈은 놀랐다.

이 말은 그녀가 한창 어리광이나 부려야 마땅한 열다섯 살에 일을 시작했다는 말 아닌가.

그는 잠시 턱을 쓰다듬으며 생각에 잠겨 있다가 다시 입을 열었다.

"공장장님께서도 제가 처음에 직원들에게 내걸었던 공약을 기억하시죠?"

"물론입니다."

"거기에 보면 우리회사 직원이라면 누가 되었든 아이디어를 낼 수 있고 그 아이디어가 채택되는 사람은 승진의 기회가 주어진다는 것도 알고 계시죠?"

"네."

최태식은 이쯤에서 뭔가를 깨달았다는 듯 눈이 커졌다. 아닐지도 모른다고 생각하면서도 워낙 엉뚱한 사장인지라 은근히 속으로 기대하고 있는지도 몰랐다.

"공장장님, 몇 시부터 점심시간이죠?"

"정각 12시부터입니다."

"지금 정확히 11시 55분입니다. 그럼 이쯤에서 식사를 해도 되지 않을까요? 물론 직원들도 다 같이 말입니다."

"그야 사장님께서 그렇게 하라고 하시면 해야겠지요. 허허……."

영빈의 말에 공장장은 너털웃음을 웃고 말았다.

아직 어려서 그런지 한참 중요한 이야기를 하다가 뜬금없이 점심식사 이야기를 꺼낸 것이 황당했던 모양이다.

“오늘 점심은 특별히 제가 쏘겠습니다. 모든 직원들을 마포갈비 식당으로 오라고 하세요. 할 말도 있으니까요.”

“다들 점심부터 고기 먹는다고 기뻐하겠군요. 지시대로 전하겠습니다.”

그렇게 공장장이 나가자 영빈은 사무실 유리창을 통해 여전히 열심히 일을 하고 있는 직원들을 바라보며 미소 지었다.

2

식사를 하는 동안에도 영빈은 혼자만의 생각에 잠겨 있었다.

어제 오후 본사에서 있었던 회의가 떠오른 것이다.

*   *   *

“사장님, 최태식 공장장이 보고서를 보내왔습니다. 그런데 희한하게 택배로 왔습니다.”

“택배로? 일단 이리 줘보세요.”

회의를 막 시작하려고 할 때 고은서가 들어와 이렇게 이야기하며 작은 상자를 건네주더니 자리에 앉았다.

　그러자 영빈은 직원들 앞에서 그것을 열었다. 그 안에서는 업무 보고서 철과 엘프 쥬얼리 로고가 새겨진 비닐봉투가 나왔다.

　그 비닐봉투 안에는 특이하지만 예쁘게 생긴 목걸이가 들어 있었다.

　"이건……. 정말 예쁜 목걸이네. 안 그렇습니까, 여러분."

　"와~ 이거 진짜 너무 예쁜데요? 이거 우리 회사 제품 맞습니까?"

　"어머, 대~ 박!"

　영빈이 꺼내놓은 목걸이를 보고 다들 놀란 반응을 보였다.

　비록 재질은 가짜 금도금을 이용한 싸구려였지만 모양은 누가 봐도 예쁘고 특색이 있었다.

　특히 이런 모델은 2,000년도가 훨씬 넘어가야 등장하는 형태였기 때문에 영빈은 더 놀랄 수밖에 없었다.

　"여기 보고서에 보니 이 제품은 우리 공장에서 근무하고 있는 직원이 직접 디자인해서 만든 거라고 적혀 있군요."

　"와우~ 그게 사실이라면 정말 대단한 일이네요. 디자인을 전공했다고 해도 이런 아이디어를 내기 힘들 텐데……."

　이번에는 평소 별로 말이 없던 고은서가 나서서 한마디

했다.

그러자 그녀의 말을 받아 버나드가 입을 열었다.

"이런 건 우리 미국에서도 보기 힘든 디자인인 것 같네요. 물론 저는 관심이 없는 분야이긴 합니다만 가끔 와이프를 위해 액세서리 선물을 해본 적은 있거든요."

"자, 좋습니다. 그렇다면 이 제품을 우리 상품으로 생산해도 괜찮다고 생각하면 손을 들어주십시오."

버나드의 이야기가 끝나자마자 영빈이 얼른 모두의 의견을 이런 식으로 물었다.

이런 문제는 굳이 시간을 끌 필요가 없다고 생각했기 때문이다.

그리고 결과는 만장일치로 나타났다.

*   *   *

"사장님, 이거 한 잔만 받아주세요. 전 오늘 처음 사장님을 뵙지만 너무 마음에 들어서 권하는 거니 거절하시면 안돼요."

영빈이 한참 어제 있었던 지난 회의에 관한 생각에 빠져있을 때 갑자기 누군가가 다가와 그에게 소주를 권했다.

아니, 소주가 아니라 음료수였다.

소주로 착각할 만큼 투명한 그 음료수를 권한 사람은 바로 경미였다.

사실 그녀뿐 아니라 공장 직원들은 지금 자신들의 사장을 처음 본 것이다.

영빈이 일부러 직원 면접부터 채용까지 모든 일을 최태식 공장장과 재호에게 맡겼기 때문이다.

그렇게 해야 그들의 지휘가 더 잘 먹힐 것이라고 판단했던 것이다.

"고맙습니다. 그러지 말고 비록 음료수지만 모두 함께 건배합시다. 엘프 쥬얼리를 위하여!"

"위하여!"

모두들 첫눈에 이 젊은 사장이 마음에 들었다.

우선 생긴 것도 훤칠하지만 시종일관 미소를 짓는 것도 그렇고 또 무엇보다 공장직원인 자신들에게도 깍듯이 예의를 지키는 모습이 그들로 하여금 거리감을 없애주었던 것이다.

건배를 하고 난 이후 화기애애한 분위기 속에서 영빈은 자기에서 일어났다.

그러자 모두의 시선이 영빈에게로 쏠렸다.

"이제 어느 정도 식사를 하신 것 같으니 중요한 발표를 하나 할까 합니다."

“…….”

영빈이 약간은 엄숙한 목소리로 이렇게 말하자 좌중은 금방 조용해졌다.

자신들의 오너가 무슨 이야기를 할 것인지 그만큼 궁금했던 모양이다.

“다들 입사할 때 들으셨겠지만 우리 회사는 학벌이나 인맥보다는 본인의 능력과 성실함이 우선입니다. 물론 제 이야기가 쉽게 믿어지지 않으셨겠지요. 그러나 오늘 저는 그 말이 거짓이 아님을 증명할 수 있는 기회를 얻었습니다. 이곳에서 근무하고 계신 한 분 덕분이지요.”

“그게 누구입니까?”

영빈의 말에 턱수염이 덥수룩한 한 중년인이 이렇게 물었다.

어디를 가나 아저씨들은 끼어드는 것을 좋아하는 모양이다.

“누군인지 말하기 전에 한 가지 묻겠습니다.”

“뭡니까?”

또다시 턱수염이 나섰다. 그러자 영빈은 그를 보고 한번 웃어 주더니 다시 입을 열었다.

“만약 오늘 우리 회사가 약속했던 것들이 입증되면 앞으로도 더 열심히 일해 주시겠습니까?”

“물론입니다!”

영빈은 일부러 직원들의 동의를 구했다.

오늘 일을 통해 더욱 의지를 다지기 위해서다. 그는 무엇한 가지라도 기회가 주어지면 이처럼 철저하게 활용할 줄 알았다.

이런 면은 그가 자살할 무렵과는 완전히 달라진 습관이라 할 수 있었다.

“제가 호명하는 분은 일어나 주십시오. 임미연 씨.”

“저, 저요?”

“당신이 임미연 씨입니까?”

“네……. 제가 임미연 맞습니다만…….”

젊은 사장이 갑자기 자신의 이름을 부르자 미연은 얼굴까지 빨개져서 더듬거리며 이렇게 말했다.

마치 죄라도 진 것처럼…….

“얼마 전에 아이디어 상품을 내신 적 있죠? 목걸이 말입니다.”

“그, 그렇습니다.”

“어제 본사 회의에서 임미연 씨가 제출한 그 목걸이를 신상품 중 하나로 결정했습니다.”

“그게… 정말입니까?”

미연은 믿기지 않는다는 표정으로 이렇게 되물었다.

그러자 영빈은 환하게 웃으며 다시 말했다.

"물론입니다. 그리고 약속한대로 이번 신상품 디자인팀의 팀장으로 임미연 씨를 발탁하겠습니다. 축하드립니다."

"네에? 그, 그럴 수가……. 이건 말도 안 돼."

충격적인 영빈의 발표에 미연은 심장이 터질 것만 같았다.

이게 진짜 꿈인지 생시인지 구분이 안 될 정도였다.

"꺄아아~! 미연아, 축하해!"

"브라보~!"

그리고 친구의 행운에 경미는 거의 비명을 지를 정도로 좋아했다.

더 재미있는 것은 아까부터 끼어들었던 턱수염의 아저씨가 마치 자신이 승진이라도 한 것처럼 벌떡 일어나 브라보를 외치며 춤을 덩실덩실 추었다는 점이다.

그만큼 공장 직원들이 한가족처럼 지내고 있다는 반증이었다.

"이건 비단 임미연 씨의 행운만은 아닙니다. 지금 보신 것처럼 누구라도 회사에 이익이 될 수 있는 아이디어를 제공한다면 언제든 승진은 가능합니다. 뿐만 아니라 꼭 아이디어가 없다 하더라도 성실 점수를 책정하고 있기 때문에 누구에게든 승진의 기회는 있습니다. 제가 여러분들께 원하는 것은 한가지입니다. 그건 바로 우리 모두가 하나가 되는 것이지요."

여기까지 말을 한 영빈은 굳은 표정을 지으며 말을 이어 나갔다.

"곧 우리는 나르시라는 거대한 기업과 전쟁을 치러야 합니다. 그 전쟁에서 승리하기 위해서는 절대적으로 하나가 되어야 합니다. 제가 이 자리를 빌려 감히 약속드리겠습니다. 앞으로도 회사를 위해 최선을 다해 주신다면, 그래서 나르시를 물리친다면 저는 여러분께 감사의 뜻으로 특별 보너스를 지급할 생각입니다. 그때까지 열심히 해봅시다."

"있는 힘껏 열심히 하겠습니다. 사장님, 파이팅!"

"엘프 쥬얼리도 파이팅!"

영빈의 진심 어린 말에 직원들은 미래에 대한 희망을 발견했다.

반대로 영빈 역시 직원들의 파이팅 소리에 더욱 용기가 생겼다.

그렇게 모두는 같은 배를 탔다.

4

저녁 8시 영빈은 집에 돌아오자마자 모처럼 가족들과 함께 식사를 하고 방에서 편안히 쉬고 있었다.

그런데 그때 전화벨이 울렸다.

따르릉…….

"오빠, 전화 받아. 고은서 씨래."

"네, 민영빈입니다……. 아, 은서 씨, 이 시간에 웬일이세요?"

현아에게 건네받은 수화기 너머에서는 어쩐지 다급하게 느껴지는 고은서의 목소리가 들려왔다.

그녀가 이 시간에 그에게 전화를 걸은 것은 처음 있는 일이다.

"뭐라고요? 지금요? 현아야 TV좀 켜 봐라."

"알았어, 오빠."

"지금 켰어요……. 알았어요……. 일단 보고 전화 드릴게요."

영빈은 전화를 끊자마자 얼른 TV앞으로 달려갔다.

고은서가 TV를 보라고 했던 모양이다.

그는 평상시에 TV시청을 거의 하지 않기 때문에 지금 하고 있는 프로가 생소했지만 어쩐 일로 뚫어지게 보고 있었다.

"오빠가 웬일이야? TV를 다 보고? 갑자기 보고 싶은 프로라도 있는 거야? 뭐가 보고 싶은지 나에게 말해봐."

“그게 아니라 회사 일 때문에 꼭 봐야 한다고 고은서 씨가 말해서 그런 거야. 어떤 프로가 아니라 이때쯤 나오는 광고를 봐야 한대……”

현아의 물음에 이렇게 대꾸하던 영빈의 오른손이 갑자기 올라갔다.

현아에게 조용히 하라는 뜻 같았다.

그리고 그 순간 방금 하던 프로가 끝난 후 광고가 시작되고 있었는데 그 가운데 너무도 익숙한 상호가 흘러나왔다.

—대한민국 제일의 액세서리 전문회사 나르시가 새롭게 도약합니다. 최고의 품격을 지닌 당신을 위해 선사하는 최고급 액세서리가 옵니다. 순금과 다이아몬드 거기에 각종 보석을 지금까지 볼 수 없었던 새로운 디자인으로 재탄생시켰습니다. 망설이지 말고 이제 선택하십시오. 당신만의 나르시가 되겠습니다.

마침내 나르시가 보석 액세서리시장에 본격적으로 뛰어들었음을 세상에 알리는 순간이었다.

영빈은 광고가 끝나자마자 가장 먼저 재호에게 전화를 걸었다.

“나야……. 응, 너도 봤구나. 그래, 나도 고은서 씨에게 전화 받고 알았어……. 다른 게 아니라 지금 당장 모든 직원에게 연락해서 회사로 모이라고 해. 긴급회의를 열어야겠어……. 응, 맞아. 공장장님도 본사로 오시라고 해. 그럼 이따 보자."

"오빠, 또 회사 나가야 해?"

"무슨 소리냐? 이 시간에 회사에 간다니? 큰일이라도 생겼니?"

영빈이 전화를 끊자마자 옆에 있던 현아가 이렇게 물었다.

그러자 그 소리를 듣고 이번에는 어머니가 놀란 표정으로 다가왔다.

"무슨 일 생겼다기보다는 긴히 의논할 일이 있어서요. 별문제 아니니 걱정하지 마세요."

"그럼 다행이고……. 그런데 영빈아."

"네, 어머니."

"공부하기도 바쁠 텐데 꼭 회사를 해야 하니? 이제 엄마도 일이 안정돼서 네 학비 정도는 대줄 수 있을 것 같은데……."

아직 가족들은 영빈이 어떤 사업을 하고 있는지 정확히 알지 못했다.

그랬기에 어머니는 영빈이 일보다는 학업에 더 열중하기

를 원하시는 것 같았다.

"어머니, 제가 하고 있는 일은 저 혼자 잘 먹고 잘살겠다고 하는 일이 아니에요. 이미 우리 회사에는 많은 사람들이 일을 하고 있어요. 저는 그 사람들을 먹고살 수 있도록 해 줄 책임이 있는 거죠. 오늘은 바쁜 일이 있어서 어렵지만 수일 내로 어머니를 회사에 한번 모실게요. 그래야 걱정을 덜 하실 것 같으니까요. 한 가지 장담할 수 있는 것은 제게는 공부 이상으로 이 일도 중요하다는 점입니다. 그러니 이해해 주세요."

"네가 그렇게까지 생각하고 있다면 이 엄마도 더 말릴 수는 없겠구나. 하지만 그렇다 해도 너무 무리는 하지 마라. 알았지?"

"네, 어머니. 걱정해 주셔서 감사해요. 그럼 이만 저는 회사에 가볼게요. 조금 늦을지 모르니 먼저 주무세요. 현아도 나중에 보자."

"응, 오빠."

그렇게 영빈은 결연한 표정을 지은 채 집을 나서 회사로 향했다.

전쟁의 효시가 울었다.

사무실에 도착하니 고은서 씨만 나와 있었다.

“어머……. 사장님께서 이 시간에 웬일이세요?”

“그러는 고은서 씨는 어떻게 이렇게 빨리 사무실에 나와 있는 거죠? 우리 집보다 훨씬 멀잖아요? 가만 혹시 아까 나에게 전화할 때도 그럼 사무실?”

“호호……. 맞아요. 아까 낮에 탁기훈 이사님께서 오셔서 오늘 중으로 나르시가 대대적으로 광고를 때릴 거라고 슬쩍 흘리고 가셨거든요. 사장님께서는 아마 그때 학교에 계셨을 거예요. 아무튼 그 소리를 듣고 나니 걱정이 되서…….”

고은서는 회사 걱정을 하느라 내내 사무실을 지키고 있었던 모양이다.

영빈은 그런 그녀가 고맙기만 했다.

하지만 알고 보면 더 고마운 사람은 고은서 자신이었다.

그녀는 엘프 쥬얼리에서 근무하는 것이 너무도 즐겁고 행복했다.

이곳 사람들은 정말 가족처럼 서로를 위했으며 간부라고 해서 함부로 거들먹거리는 사람도 없었다.

사장이 본을 보이니 당연한 일이었다.

어쨌든 그녀로서는 이런 회사가 앞으로도 영원히 계속되기를 바라고 있었다.

그렇기에 나르시는 그녀에게도 가장 나쁜 적일 수밖에

없었던 것이다.

"저 왔습니다."

"무슨 일입니까? 실장님 전화받고 바로 오긴 했습니다 만⋯⋯."

"이 시간에 부르시면 특별 수당이 있는 건가요?"

바로 그때, 사무실 문이 열리며 재호와 최 주임이 먼저 나타났다.

그리고 바로 뒤를 이어 상큼한 목소리와 함께 진영아 씨도 들어왔다.

다들 영문을 모르겠다는 표정이다.

"물론 특별 수당은 있지요. 하지만 더 중요한 일은 그게 아닙니다. 그나저나 공장장님은 연락이 되었나요?"

"네, 사장님. 아마 지금쯤 오고 계실 겁니다."

"그럼 일단 회의실로 갑시다."

영빈이 모두를 급히 부른 이유는 다른 것보다 타이밍 때문이었다.

나르시의 움직임은 이미 진작부터 알고 있었지만 설마 대대적인 광고부터 시작할 줄은 미처 몰랐다.

건물 외의 곳에서 이루어지는 일까지 알 수는 없었기 때문이다.

하지만 아무리 그렇다 해도 달라질 것은 없었다.

아니 오히려 그들이 빠르게 움직일수록 엘프 쥬얼리가
유리해 질 수도 있었다.

그 이유는 아직 밝혀지지 않았지만…….

"늦어서 죄송합니다, 사장님."

"다른 분들은?"

모두 회의실로 들어간 지 5분 만에 버나드가 부랴부랴 들
어왔다.

미국팀은 어디로 갔는지 혼자만 나타난 것이다.

"그게… 탁기훈 이사님과 함께 한잔하고 있을 걸요? 저
만 속이 좋지 않아 숙소에 있다가 연락받고 온 것입니다."

"그럼 고은서 씨가 탁 이사에게 호출을 보내세요."

"네, 사장님."

이 당시만 해도 핸드폰이 완전히 보급된 것이 아니라서
그런지 미래에서 온 영빈으로서는 확실히 조금 답답했다.

그러나 그 덕분에 좋은 면도 있었다.

아직 오지 않은 사람들 때문에 그 만큼 더 차분하게 생각
을 정리할 수 있었기 때문이다.

조금 늦더라도 어차피 올 사람은 온다.

Chapter 07

반격 시작

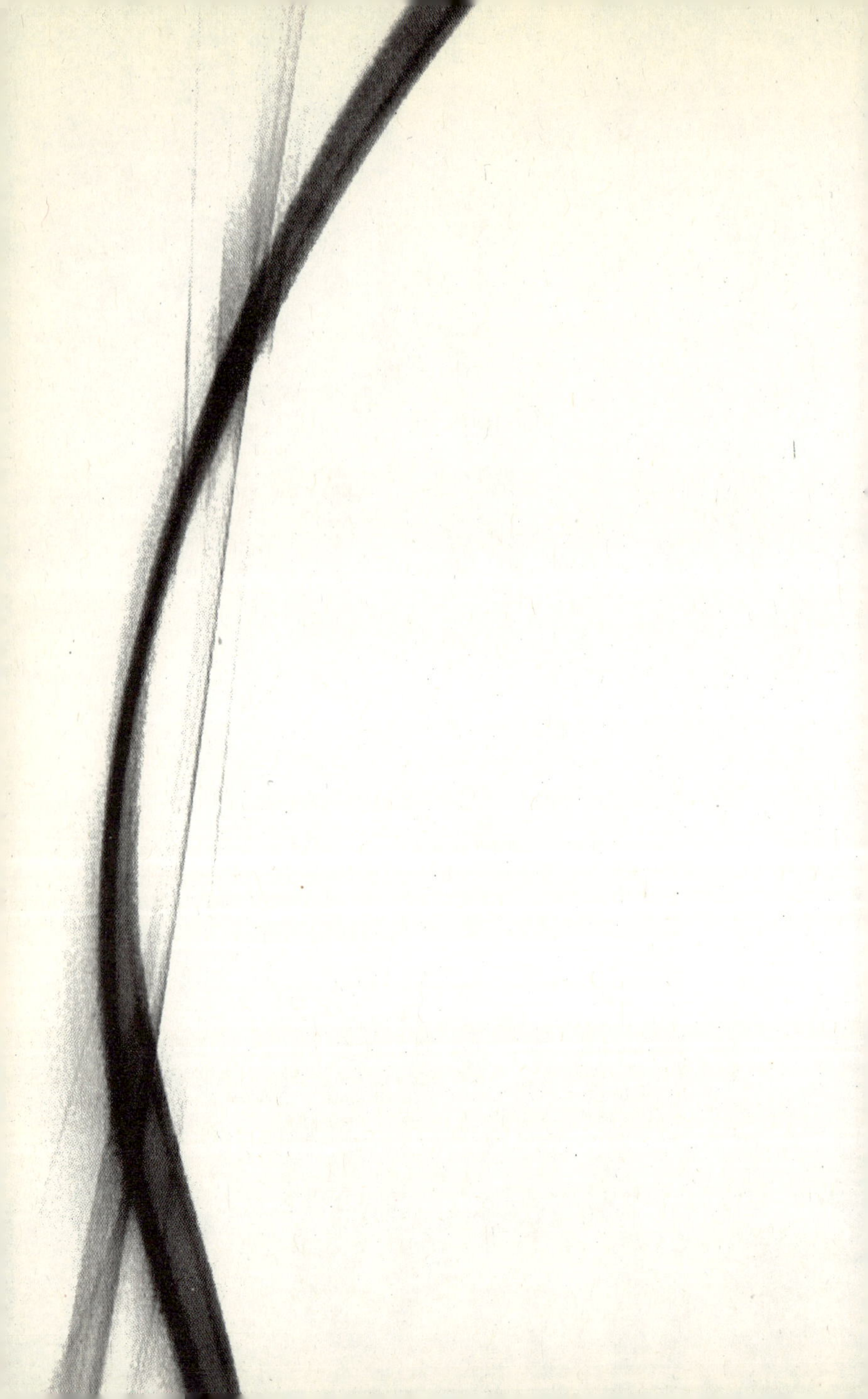

1

다음 날 아침부터 엘프 쥬얼리는 정신없이 바빠지기 시작했다.

이미 어젯밤 회의를 통해 그동안 수차례 이야기 나누었던 작전이 시작되었기 때문이다.

"네, 선배님. 방금 전에 직원들이 출발했습니다. 먼저 말씀드린 대로 가게에서 가장 눈에 잘 띄는 자리에 매대를 설치 할 수 있게 해주십시오……. 네, 네, 맞습니다……. 아, 그게 아니고 이번 매대에는 백 퍼센트 신상품으로만 진열이 될 것입니다. 아, 네. 걱정하지 마십시오. 상품이 진열되는 순간, 잘했다는 생각이 드실 겁니다. 절 믿으세요…….
네, 감사합니다. 그럼 조만간 찾아뵙겠습니다.”

영빈은 박순분 여사와의 전화를 끊자마자 곧바로 재호에게 사인을 보냈다.

물건을 싣고 떠나라는 뜻이다.

그뿐이 아니었다.

그는 이후에도 아예 전화기에 자석이라도 붙여놓은 듯 내내 손에서 뗄 수가 없었다.

그동안 자신을 믿고 따라준 모든 거래처에 일일이 통화를 해야 했기 때문이다.

그렇게 그 날은 하루 종일 모든 거래처에 상황 설명을 해주고 새로운 상품을 진열하는 것으로 만족할 수밖에 없었다.

그리고 다시 다음 날…….

“어머, 은희 엄마. 빨리 이쪽으로 와봐.”

“나 지금 장보기 바쁜데 왜 그래, 진수 엄마.”

“아, 글쎄 빨리 와보라니까. 여기에 꼭 봐야 할 것이 있어.”

박순분 여사는 오전부터 놀라운 광경을 목격하게 된다.

그녀의 가게에 단골로 출입하는 아줌마들이 하나둘씩 엘

프 쥬얼리의 매대로 몰려들었던 것이다.

단지 모여서 구경만 하는 것이었다면 이렇게까지 놀라지는 않았을 것이다.

문제는 모여든 다음에 나타났다.

"이 귀걸이… 혹시 이 귀걸이 생각 안나?"

"어머……. 이건 우리가 어제 나르시 명동점에서 보았던 바로 그 귀걸이 아니야? 아니다. 오히려 그것보다 훨씬 예쁜데?"

"맞아, 그런데 그거 말고 이걸 한 번 봐봐. 이것도 비슷한 제품 같은데 너무 고급스러워 보여."

아줌마들의 이야기를 들어보니 엘프 쥬얼리의 매대에는 놀랍게도 나르시의 제품과 흡사한 상품이 걸려 있었던 모양이다.

"그런데 은희 엄마, 지금 그게 문제가 아니야. 여기 봐봐. 가격 보여?"

"어디……. 세상에! 이럴 수가……. 이거 혹시 가격표가 잘못 붙어 있는 거 아니야? 어제 그 귀걸이는 한 쌍에 팔만 원이나 했었는데 이건 겨우 팔천 원밖에 안하잖아. 디자인은 거의 흡사한데……."

"우리 사장님에게 물어보자."

아줌마들이 자신에게 다가오자 놀라고 있던 박순분 여사

는 이제야 영빈이 했던 이야기가 떠올랐다.

"손님들이 가격에 놀라서 문의를 하러 오면 그것은 금제품과 똑같은 이미테이션이라고 설명해 주세요. 그리고 그 손님들이 제법 돈이 있는 분들이라면 그 제품과 비슷한 진짜 금제품을 보여주시기만 하면 됩니다. 그렇게 되면 선배님과 저는 자동으로 벌게 될 테니까요."

원래 장사에는 일가견이 있는 박순분 여사 아니던가.
그녀는 영빈의 말이 떠오르는 순간 자신에게 다가오는 이 아줌마들이 꽤 잘산다는 것을 떠올렸다.
이미 자신의 가게와 몇 년을 거래해 온 손님들이니 그녀들의 수준은 누구보다도 잘 알 수밖에 없었다.
"저기 사장님, 이 귀걸이가 진짜 팔천 원 맞아요?"
"네, 맞아요. 그건 이미테이션이기 때문에 쌀 수밖에 없거든요. 물론 워낙 기술이 좋아서 진짜와 흡사하긴 하지만요. 호호."
"정말 놀랍네요. 잘 모르는 사람이 보았다면 이게 나르시에서 팔고 있는 귀걸이와 같은 물건이라고 여겼을 거예요. 물론 그건 진짜 금이지만요."
진수 엄마의 질문에 박순분 여사가 이렇게 대답하자 이

번에는 은희 엄마가 참견을 했다.

"내가 우리 단골들이라 하는 말인데… 사실은 여기에도 진짜 금제품이 있다우. 물론 수량이 한정되어 있어서 아무에게나 보여줄 수는 없지만 진수 엄마나 은희 엄마는 우리 집 중요한 단골이니 내 특별히 보여드리지."

"대체 얼마나 좋은 상품이기에 그러는지는 모르겠지만 사장님께서 그렇게 말씀하시니 일단 보기로 할까요?"

아줌마들은 노련한 박순분 여사의 상술에 휘말려 강한 호기심을 느낄 수밖에 없었다.

그 점을 눈치챈 박순분 여사는 영빈이 별도로 마련해 준 상자에서 고급스러운 보석함에 들어 있던 귀걸이 한 쌍을 조심스럽게 꺼냈다.

"자, 잘 보세요. 아마 깜짝 놀라실 겁니다."

"어디……. 어머나, 이, 이건… 진짜 너무 아름답다. 황홀한 느낌이야. 이게 진짜 금이면 비싸겠네요? 한 쌍에 대체 얼마나 하죠?"

"단골이시니 내 특별히 육만 원에 드리지요."

"네에? 육만 원이요? 그렇게 싸요?"

나르시에서 보았던 18K 귀걸이 한 쌍이 분명 팔만 원이었다.

하지만 같은 18K에 같은 규격의 귀걸이가 무려 이만 원이나 싸니 놀라지 않는 게 오히려 이상할 지경이었다.

"저기 사장님, 혹시 18K 목걸이는 없어요?"

"목걸이도 보여 드릴까요?"

"네."

박순분 여사가 목걸이를 보여주자 아줌마들의 눈이 완전히 뒤집히고 말았다.

이 목걸이는 바로 임미연이 디자인한 미래형 목걸이였기 때문이다.

게다가 이것 역시 가격이 저렴했다.

나르시가 같은 규격의 목걸이를 십이만 원에 팔고 있는데 비해 여기는 십만 원밖에 하지 않았던 것이다.

사실 이들이 볼 때는 나르시 것보다는 여기에 있는 목걸이가 몇 배는 더 가치있어 보였다.

그 덕분에 박순분 여사는 순식간에 귀걸이, 목걸이, 거기에 덤으로 순금 반지까지 모두 두 개씩 팔 수 있었다.

그 잠깐 사이에 사십이만 원의 매출을 올렸다.

매출의 15%가 자신의 몫이니 잠깐 사이에 무려 6만 3천 원이나 번 것이다.

그런데 이런 현상은 이곳에서만 일어나고 있는 일이 아니었다.

엘프 쥬얼리의 거래처 백여 곳에서 동시에 비슷한 일이

벌어지고 있었다.

"사장님! 방금 또 미아동 거래처에서 전화가 왔는데요. 이미테이션 제품을 제품별로 각각 열 개씩 더 보내 달라고 합니다."

"봉천동 거래처에서도 비슷한 이야기가 들어왔습니다. 여기는 제품별로 스무 개씩 찾는데요?"

사무실에는 하루 종일 이런 전화가 들어오고 있었다.

그런데 주로 강남이나 명동 등 부유한 고객들이 많은 동네의 거래처에서는 진품 주문이 많았고 그 외의 거래처에서는 이미테이션 주문이 폭주했다.

그야말로 초대박이 터진 것이다.

2

콰앙!

"뭣이라고! 이미테이션? 겨우 이미테이션에 우리 진품 액세서리가 밀린다는 게 말이 돼? 제정신 있으면 이게 어떻게 된 일인지 말해 보란 말이다!"

"……."

얼마 전 모여서 신나게 떠들던 바로 그 장소에서 나르시 사장은 책상을 부술 듯이 두들기며 흥분하고 있었다.

그도 그럴 것이 시작부터 대박을 내겠다고 그렇게 많은 준비를 했던 보석 액세서리였다.

사실 액세서리 시장은 규모에 비해 큰 업체가 덤벼는 경우는 별로 없었다.

워낙 손이 많이 가는 사업인데다가 유행에 민감한데 비해 소득이 아주 큰 편은 아니었기 때문이다.

이 점을 잘 알고 있던 나르시 사장은 그랬기에 더욱 자신이 있었다.

진작부터 남대문 시장을 장악한 상태에서 출발한 데다가 그나마 어느 정도 훼방꾼 역할을 할 가능성이 있던 업체 하나는 거의 매장시켜 버렸었다.

이제 경쟁 상대는 거의 대부분 영세 업체이거나 소규모 개인 보따리 장사가 전부였다.

그렇기에 빌린 돈 50억을 거의 다 투자해 가장 먼저 보석 액세서리부터 터뜨렸던 것이다.

그렇게 액세서리 시장을 완전히 석권하고 나면 그 다음 그렇게 형성된 고급 브랜드를 바탕 삼아 의류 업계로 진출할 계획이었건만 막상 뚜껑을 열고 보니 그의 생각은 빗나가도 한참 빗나가고 있었으니 얼마나 화가 났겠는가.

"서 팀장! 자네 나에게 뭐 할 말 없나? 엘프 쥬얼리인지

쥐새끼인지 완전히 망했다면서? 망한 회사가 어떻게 우리
와 거의 똑같은 모델의 이미테이션 제품을 생산할 수가 있
지? 이게 말이 되는가 말이야!"

"우리 회사에 배신자가 있습니다."

멈칫…….

흥분한 사장이 이번에는 재떨이를 집어 던지려다가 서
팀장의 들릴 듯 말 듯한 그 소리에 놀라 동작을 멈추었다.

"뭐라고? 배신자?"

"네, 이건 배신자가 없고서는 절대 일어날 수 없는 일입
니다. 사장님께서도 아시다시피 우리 제품의 출하 일정은
회사 내에서도 간부급 이상 아니면 절대 몰랐던 일입니다.
그런데 엘프 쥬얼리는 우리 제품이 나오자마자 곧바로 이
미테이션을 쏟아냈습니다. 그런 일이 아무 준비도 없이 가
능할까요? 누군가 우리 회사의 비밀을 이야기해 주지 않은
이상 이런 경우는 있을 수가 없습니다."

나르시가 아무리 크다 하나 대한민국 전체를 놓고 본다
면 그저 조금 큰 규모의 중소기업일 뿐이다.

이런 곳에 누군가가 정밀한 도청장치를 한다는 것은 쉽
게 생각할 수 있는 일이 아니었다.

그렇기에 서 팀장의 말은 상당한 설득력을 가질 수 있었
다.

“으드득……. 듣고 보니 그렇군. 그렇다면 누가 배신자인지 짐작 가는 사람이라도 있나?”

“거기까지는 아직 모릅니다. 단지, 아까도 말씀드렸다시피 간부들 중 누구라는 것만은 확실합니다.”

“대체 뭐가 부족해서 배신을 한 거지? 엘프 쥬얼리에서 얻을 게 뭐가 있다고…….”

사장은 씩씩거리다가 갑자기 잠잠해졌다.

지금 상황은 마냥 화만 내서 해결될 상황이 아님을 깨달은 모양이다.

게다가 그는 지금 서 팀장의 말을 완전히 믿는 것 같았다.

하긴 누구라도 바보가 아닌 이상 그럴 수밖에 없었겠지만…….

“나르시보다 더 많은 것을 약속했겠지요. 그런 점으로 보아 고급 간부는 아닐 것입니다. 전 솔직히 서 팀장이 의심스럽습니다. 저 여자의 위치는 언제든지 바뀔 수 있는 위치 아니겠습니까?”

이때 갑자기 오 전무가 서 팀장을 물고 늘어졌다.

이대로 가다가는 저 여우같은 여자가 자신에게 누명을 씌울 지도 모른다는 생각이 들었던 모양이다.

당하기 전에 차라리 먼저 친다. 모처럼 좋은 생각을 한 것이다.

"저는 이미 그들과는 원수지간이나 마찬가지입니다. 지난번 남대문과의 거래를 끊게 한건 모두 제 머릿속에서 나왔던 계획이었으니까요. 만일 제가 배신자였으면 그렇게까지 엘프 쥬얼리를 몰아붙이지는 않았겠죠. 저는 오히려 오 전무님이 더 의심스러워요. 중역회의에 참석하서도 의견 한마디 내놓으신 적이 없잖아요. 그건 그들을 위해 침묵했던 것 아닌가요?"

"뭐, 뭐이! 네년이 이제 보자 보자 하니까 감히 날 모함하려 들어?"

"다들 조용히 하지 못해! 지금이 싸울 때야? 머리를 맞대고 연구를 해도 시원치 않은 판국에 싸움질이 뭐냐고! 당장 이 위기를 극복할 수 있는 의견이나 내놓아 보라고! 이럴 때 아무 의견도 내지 못하면 그자가 바로 배신자로 여길 테니 알아서 해. 모두 알아들어?"

"네……."

"알겠습니다."

오너가 괜히 오너는 아닌 모양이다.

나르시 사장은 적과 싸우기도 전에 자중지란이 일어나 완전히 무너질까봐 이처럼 나서서 중재를 했다.

그러자 다들 찍소리도 하지 못한 채 대답하고는 열심히

머리를 굴리기 시작했다.

그렇게 얼마나 지났을까…….

이번에는 마 이사가 조심스럽게 먼저 입을 열었다.

"저기… 이렇게 된 바에는 차라리 이 단계 작전을 곧바로 시작하는 게 어떻겠습니까?"

"흐음……. 이 단계 작전이라…….."

"그건 안 됩니다. 그랬다가 만에 하나라도 실패하면 우리 회사는 치명적인 타격을 입을 수 있습니다. 아니, 실패가 아니고 부진 정도만 한다 해도 큰 타격을 입습니다. 그건 조금 더 지켜보다가 결정하는 게 나을 겁니다."

마 이사의 의견에 또다시 서 팀장이 나서서 반대를 했다.

그러자 이곳과는 전혀 관계없는 무리가 한참 떨어진 곳에서 탄식을 했다.

"에헤~ 또 저 여자가 나서네. 대체 이 단계 작전이 뭔데 저러지?"

"그건 아마도 더 적극적인 물량 공세가 아닐까 싶네요. 저들은 아직도 자신들의 회사보다 우리 회사가 훨씬 작다고 생각하고 있습니다. 그러니 아예 물량으로 밀어 붙이자는 게 바로 이 단계 작전이 아닐까 싶군요. 자, 일단 조용히 하고 더 들어 봅시다."

"알았어."

그들은 바로 나르시의 사장실에서 일어나고 있는 일을 가만히 앉아서 듣고 있는 영빈이 일당(?)들이었다.

방금 기훈이가 서 팀장을 못마땅하게 이야기하자 영빈이 나서서 대답한 상황이다.

그는 이제부터가 중요한 대목이라고 생각했기에 일단 기훈의 입을 막았다.

그러자 곧바로 나르시 사장의 목소리가 들려왔다.

"아니, 나 역시 이 단계 작전을 써야 한다는 생각이 드는 군. 우리는 지금 시간이 그리 많지 않다. 다들 워낙 큰소리를 치는 바람에 투자가들에게 원금을 돌려주는 시간을 짧게 잡았었거든. 이익금은 더 뒤에 준다 해도 말이야. 만약 이대로 가면 원금 회수도 힘들지 몰라. 그러니 모험을 하는 수밖에 없어."

"하지만 사장님, 저도 그 상황은 알겠지만 하다못해 하루 이틀이라도 더 시장을 지켜본 다음에 결정하시죠? 지금 남아 있는 금제품을 쏟아붓는 것은 너무 위험합니다."

마침내 이 단계 작전의 요점이 튀어나왔다.

애초 영빈이 말한 대로 이 단계 작전이란 물량 공세가 확실해졌다.

이건 영빈에게는 기가 막힌 희소식이나 다름없었다.

물량을 쏟아부으면 부을수록 저들을 빨리 망하게 할 수

있기 때문이다.

적을 알고 나를 알면 백 번을 싸워도 위태롭지 않다고 하지 않던가.

그러나 지금 상황은 위태롭지 않은 정도가 아니라 백 번 모두 이길 수 있는 상황임이 분명했다.

영빈은 지금처럼 나르시를 속속히 알고 있었지만 나르시는 엘프 쥬얼리를 몰라도 너무 모르고 있었다.

자신들보다 오히려 엘프 쥬얼리가 훨씬 여유로운 자본과 물량을 갖추고 있다는 것도 말이다.그러니 결국 이 싸움의 승패는 결정 된 것이나 마찬가지였다.

단지, 그 시간만 차이 날 뿐…….

"기훈이 형."

"응, 말해."

직원들이 모두 있을 땐 깍듯하게 사장님 예우를 하지만 지금처럼 미국팀만 있을 때는 두 사람은 편하게 지냈다.

굳이 그런 것을 따지지 않아도 될 만한 사이이기 때문이다.

목숨을 맡겼던 사이들이니 당연했다.

"저 여자……."

"서 팀장이라는 여자?"

"응, 맞아. 형이 재호와 함께 저 여자를 두어 번 만나줘야겠어."

"재호라는 친구와? 그건 왜?"

영빈의 말에 기훈은 어리둥절해졌지만 워낙 머리가 비상한 동생인지라 일단은 이렇게 묻기만 했다.

"나르시에서 저 여자가 가장 머리 회전이 빨라. 저 여자만 제거하면 일이 훨씬 쉬워지지. 형도 방금 전에 들었지?"

"뭐, 뭘?"

"그 배신자 이야기 말이야. 나르시 사장은 지금 속으로 누가 배신자인지 열심히 머리를 굴리고 있을 거야. 그의 성격으로 보면 이건 확실해. 이럴 때 서 팀장이라는 여자가 우리 회사의 핵심 인물과 만났다……. 그걸 알게 되면 결과가 어떻게 나타날까?"

탁~!

영빈이 여기까지 말을 하자 기훈이 자신의 허벅지를 오른손으로 탁하고 쳤다.

이제야 뭔가 감이 잡혔기 때문이다.

"영빈아."

"응?"

"이 형은 있잖아. 매일같이 네가 적이 아닌 것을 하나님께 감사드리고 있단다. 넌 정말 더럽게 무서운 놈이야. 하하하!"

　그렇게 기훈이 통쾌하게 웃는 순간, 서 팀장은 갑자기 뒤통수가 근질거리기 시작했다.

　왜 그런지 영문은 알 수 없었지만…….

3

　엘프 쥬얼리의 거래처는 모두 직영이나 마찬가지다.

　판매는 위탁이지만 매대부터 모든 물건은 엘프 쥬얼리의 재산이기 때문이다.

　그렇기에 장사가 잘 안되든 심지어 망한다 해도 크게 문제 될 일은 없었다.

　위탁업체들은 그저 가만히 앉아서 돈을 벌었던 것이기에 행여 매대를 걷어 간다 해도 원망할 수조차 없는 것이다.

　하지만 나르시는 달랐다. 나르시의 제품을 팔고 있는 주요 거래처는 대부분 나르시가 모집했던 대리점이다.

　이름은 나르시 어디어디 지점이지만 실제로 주인은 따로 있었다.

　이들은 나르시를 믿고 투자를 했던 사람들이기 때문에 본사가 영업을 잘못해서 자신들이 손해를 입게 되면 당장 항의할 수 밖에 없는 것이다.

　따르릉~

"네, 나르시입니다……. 저기 사장님, 그 문제는 제가 뭐라고 말씀드릴 수 있는 내용이 아닙니다. 곧 과장님이 들어오실 테니 그때 물어보십시오."

"그건 과장님께 물어보십시오."

보석 액세서리가 출시된 지 겨우 일주일밖에 지나지 않았지만 나르시 본사에는 각 대리점에서 걸려오는 전화 때문에 다른 업무를 볼 수조차 없었다.

그 전화의 90퍼센트 이상이 항의 전화이니 어떻게 다른 업무를 볼 수 있겠는가.

나르시의 말만 믿고 거금을 투자해 보석 대리점을 오픈했는데 장사가 되기는커녕 간혹 오는 손님들이 바가지만 씌우는 가게라며 욕을 하고 가기 일쑤이니 본사에 따지는 것은 당연했다.

이는 물론 모두 엘프 쥬얼리의 영향 탓이다.

원료까지 비슷한 제품을 훨씬 저렴하게 판매하고 있으니 소비자가 바보가 아닌 이상 나르시에서 제품을 살 리가 없었다.

이미 액세서리 시장에서는 나르시가 폭리를 취한다고 불매운동까지 일어날 판국이었다.

"지금부터 모두 잘 들어라. 이제 회사의 배신자를 찾아내서 내보냈으니 더 이상 우리 회사의 정보가 새어 나갈 일은 없을 것이다. 즉, 이제야말로 우리가 반격을 시작할 때다."

"서 팀장 그년을 경찰에 넘기셨습니까?"

"워낙 교활한 년이라 증거를 전혀 남기지 않았더군. 그 때문에 경찰에 넘길 수는 없었다. 하지만 더 이상 이 계통에서는 일을 할 수 없을 것이다. 설혹 엘프 쥬얼리로 간다 하더라도 그들이 바보가 아닌 이상 한번 배신한 여자를 중용할 리가 없겠지. 결국 자존심만 다치고 거기도 그만둘 게 분명하다."

결국 영빈의 계략대로 서 팀장은 쫓겨난 모양이다.

"그럼 이제 이 단계 작전을 시작하실 생각입니까?"

"물론이다. 자네들도 다 알고 있겠지만 지금 우리 대리점들이 난리가 아니다. 그들을 잠잠하게 만들고 또 엘프 쥬얼리에게 타격을 입히기 위해서는 우리 역시 같은 방법으로 대응할 수밖에 없다. 만일 우리의 물량이 낮은 가격에 풀려나가는 것을 보면 그 허접한 놈들이 그제야 우리 나르시를 잘못 건드렸다는 것을 깨닫게 될 것이다. 제깟 놈들이 자본이 얼마나 있는지는 몰라도 우리가 확보하고 있는 물량은 무려 70억 원어치이다. 그런 작은 회사에서 객기로 덤빌 수 있는 수준이 아니지. 흐흐……."

지난 며칠 동안 마음고생이 심하긴 했지만 여전히 나르시 사장은 여유가 있었다.

그에게는 아직도 기존 자금 20억에 투자가로부터 빌린 자금 50억이 모두 금제품으로 만들어져 있는 상태이다.

갈수록 금값은 조금씩이라도 오르고 있는 실정이었기 때문에 이런 여유를 부릴 수 있었다.

"그럼 우선 얼마나 뿌릴까요?"

"원금 회수 차원이라 생각하고 20억 원 상당량만큼 뿌려라."

"그렇게나 많이요? 그럼 가격은 얼마로 정해야 합니까?"

"10퍼센트의 마진만 부치면 충분하다. 이건 어차피 엘프 쥬얼리 놈들을 잡기 위한 물량이니 최대한 싸게 돌려야 한다."

나르시나 엘프 쥬얼리가 취급하는 것은 아주 비싼 보석이 아니라 비교적 가격이 저렴한 액세서리 제품이다.

그렇기에 이런 시장에서 20억 상당의 물량이 싸게 풀리면 그 영향이 상당하다 할 수 있었다.

특히 두 업체는 주 무대가 같은 서울 아니던가.

나르시의 대리점들이 크게 타격을 입는 것만 봐도 그 실정을 짐작할 수 있다.

*   *   *

“사장님, 큰일 났습니다. 나르시가 금제품을 헐값에 뿌리기 시작했습니다.”

“그래? 얼마나 뿌리는 것 같던가?”

“그건 정확히 모르겠지만 들리는 소문에 의하면 수십억 원 이상이라고들 합니다. 이제 어떻게 해야 할까요?”

사장실에 노크도 없이 뛰어 들어온 재호가 다짜고짜 이렇게 말했다.

사실 철저한 보안 때문에 미국팀 외에는 도청사실을 모른다.

뿐만 아니라 지금 영빈에게 무려 500킬로그램이나 되는 금이 있다는 사실은 그 누구도 모르고 있었다.

영빈이 아직까지 철저히 숨기고 있었기 때문이다.

지금 거래처에 유통되고 있는 금제품들은 금을 도매로 사들여서 만든 제품이기에 더욱 그랬다.

물론 그 양은 미미했다.

하지만 그럼에도 나르시에게 타격을 입힐 수 있었던 것은 뛰어난 영업 전략과 이미테이션 제품이 대성공을 거둔 탓이다.

“일단 이 실장은 지금 즉시 남대문시장으로 가서 다시 한 번 상인들에게 나르시의 접근을 조심하라고 일러주고 오게. 조만간 그들에게 남대문 시장이 아주 중요한 거래처로 떠오를 거야. 그것을 철저하게 차단해야 해. 무슨 이야긴지 알겠지?"

"그건 알겠지만 지금은 그런 것을 신경 쓸 때가 아니잖아요. 저들이 물량공세로 나오는 것을 막지 못한다면 결국 제자리걸음을 하는 것 아닌가요?"

"후후……. 그건 걱정하지 마. 이미 이런 것도 예상하고 준비해둔 것이 있거든."

영빈은 속으로 재호에게 약간 미안했다.

하지만 아무리 가까운 친구라 해도 불법으로 자행하는 일마저 이야기할 수는 없었다.

만일 그런 이야기를 했다가는 재호의 고지식한 성격상 난리가 났을 것이다.

게다가 모든 것을 알기에는 재호는 아직 어렸다.

"준비해둔 것? 그건 뭔데?"

"나를 믿고 투자를 해주시겠다는 분이 계셔서 그분께 금을 좀 투자해 달라고 했었거든. 그런데 얼마 전에 꽤 많은 금을 확보했다고 하시더군. 아직 가져오진 않았지만 그거라면 이번 나르시의 물량공세도 간단히 잠재울 수 있을 거야. 만에 하나 그렇게 된다면 나르시는 마지막 남은 물량까지 쏟아부을 것이고 결국 바닥을 드러내고 말거야. 그러면 바로 그때 남대문 상인들을 찾아가게 되겠지."

"그건 어째서 그렇지?"

"자세한 건 그때가면 저절로 알게 될 거야. 너는 지금부터 내 말대로 남대문 상인들을 다시 한 번 짚어봐."

"이미 그들은 저가의 액세서리 재료를 거의 판매하지 못하고 있기 때문에 나르시를 불신하고 있어. 나르시가 그들을 벌써 배신한 것이지. 그러니 설득은 간단할 거야."

"후에 나르시가 액세서리 재료를 원할 경우 전에 했던 계약서에 명시된 단가대로 받으라고 해. 그러면 그들도 무슨 말인지 이해할 거야."

영빈은 나르시가 최악의 상황을 맞이할 경우 마지막 발악으로 저가의 액세서리 제품을 다시 취급할 것이라고 예측했다.

어쨌든 금제품에서 망한다 해도 회사를 닫을 수는 없지 않겠는가.

하지만 나르시는 그런 경우를 염두에 두지 않았기 때문에 서 팀장을 시켜 벌써 배신을 한 상태였다.

여기서 엘프 쥬얼리가 끼어들어 그 상인들을 부추긴다면 나르시는 결국 도산하고 말 것이다.

물론 사채업자들에게 험한 꼴을 당하면서 말이다.

그게 영빈의 마지막 시나리오였다.

Chapter **08**

침몰

1

　최근 나르시와의 전쟁 때문에 영빈은 개인적인 시간을
거의 갖지 못했다.
　그러다 보니 얼마 전에 있었던 학교 축제 이후로 수아도
제대로 만나지 못한 상태였다.
　그래서일까?
　모처럼 만의 데이트 약속은 그의 심장을 자꾸만 뛰게 만
들고 있었다.
　하지만 성수동에 있는 공장에서 수아와 만나기로 한 신
림동까지의 거리는 그야말로 엄청나게 멀게만 느껴졌다.

퇴근 무렵이라 그런지 차가 워낙 막혔기 때문이다.

"나도 참 멍청하네. 토요일 오후인데 승용차를 가지고 갈 생각을 했다니……. 전철을 탔으면 금방이었을 텐데……. 젠장~!"

그는 마치 주차장을 연상케 하는 올림픽 대로를 바라보며 이처럼 한숨만 길게 내쉬었다.

이래서는 약속 시간 전에 도착하긴 글러먹은 것이다.

"하긴 뭐, 축제 때는 수아가 늦었었잖아. 나도 어쩔 수 없는 상황이니 이해해 주겠지."

영빈은 이렇게 중얼거리며 문득 축제 때의 일을 떠올렸다.

그날 영빈네 과 친구들은 만화 코스프레 찻집을 열었다.

평범하지만 그게 가장 재미있을 것 같다는 의견에 다들 동조했다.

하긴 2012년 무렵에는 만화 코스프레도 별 게 아니지만 이 무렵만 해도 꽤나 신선한 아이디어라 할 만했으니 영빈이 말고는 다들 들뜰 만도 했다.

"어머, 저기 봐봐. 저거 영빈이 아니야?"

"와아……. 진짜 영빈이 맞네. 그런데 저건 무슨 코스프레지?"

나란히 닌자 거북이 복장을 한 채 서빙을 보고 있던 같은

과 친구 희정이와 인애가 갑자기 호들갑을 떨었다.

그러자 근처에 있던 친구들의 시선이 모두 그곳으로 향했다.

"영빈이 진짜 멋있다. 그건 무슨 코스프레야? 완전히 영국 신사 같은데?"

"으응……. 이건 배트맨의 주인공이 고담시 유지로 행세할 때의 모습을 코스프레한 거야. 어울리니?"

"응! 아주 많이 어울려!"

아무리 외적으로는 대학생이라지만 그의 정신세계는 거의 사십대이다.

그런 그가 애들처럼 알록달록한 복장을 할 수는 없었다.

그래서 고심 끝에 생각해 낸 것이 입은 채로 돌아다녀도 그다지 이상하지 않는 평범한 형태였고 그렇게 탄생한 것이 고담시의 고급 신사 복장이다.

그런데 의외로 이것이 학생들의 시선을 더 끌었다.

얼핏 생각하면 평범한 것 같지만 키가 늘씬한 영빈이 입자 그야말로 방금 순정만화에서 튀어나온 왕자님 같은 느낌이 풍겼기 때문이다.

"과연 영빈이답네. 난 네가 테리우스 복장으로 나타날 거라고 생각해서 캔디복장을 선택했는데 조금 아쉬운걸. 하지만 그 복장도 나와는 잘 어울릴 거 같아. 호호……."

"지, 지혜야……."

"와아……. 지혜 정말 끝내준다."

바로 그때, 귀여우면서도 어딘가 섹시해 보이는 에로형(?) 캔디가 등장했다.

바로 지혜가 캔디 옷을 입고 나타난 것이다. 평소의 지혜는 워낙 박스형 티에 몸매가 잘 드러나지 않는 스타일을 입는 편이었다.

그렇기에 얼굴은 예쁘지만 몸매는 그냥 그렇다고 생각들 했었다.

그런데 막상 캔디가 승마할 때 입었던 복장을 입고 나타나자 그녀의 몸매가 고스란히 드러나 모두를 놀라게 만들었다.

사실 이것도 백퍼센트 다 드러난 것이 아니었지만 그것만으로도 에로한 느낌은 충분히 주고 있었다.

그런 그녀가 영빈이 곁으로 바짝 다가갔다.

그러자 남학생들의 눈에서 격렬한 질투의 불길이 활활 타올랐다.

평소에도 지혜를 사모하는 학생들이 많았지만 오늘은 그녀가 몇 배로 더 예뻐 보였던 것이다.

안 하던 화장까지 해서 그런지 영빈조차 가슴이 두근거릴 정도였다.

"저기… 조금만 떨어져 줄래? 곧 내 여자 친구가 올지도 모르거든. 오해받고 싶지 않아. 그리고 참 너는 아카라카 공연에 가야 한다고 하지 않았어?"

"넌 정말 요즘 남자 같지 않아. 네 여자 친구가 어떤 사람인지 너무 궁금해진다. 대체 얼마나 괜찮기에 너처럼 무뚝뚝한 남자를 사로잡았는지 말이야. 그리고 내가 공연을 가든 아니면 여기서 장사를 하든 그건 네가 신경 쓸 문제 같지 않은데?"

지혜는 또다시 영빈이 자신을 거부하자 화가 났다.

어릴 때부터 지금까지 남자라면 모두들 그녀를 원했다.

어딜 가나 남학생들이 따라다녔으며 자신이 조금이라도 관심을 보이면 감격해 마지않았다.

그만큼 그녀의 미모는 어릴 적부터 타고났던 것이다.

뿐만 아니라 그녀는 머리도 좋았기에 갈수록 그 자존심은 높아질 수밖에 없었다.

그런데 영빈은 달랐다.

그는 지금까지 벌써 몇 달 동안이나 단 한 번도 자신에게 관심을 주거나 심지어 눈길조차 제대로 준 적이 없었다.

그게 내내 그녀의 자존심을 건드렸고 그로 인해 반대로 그녀는 영빈에게 자꾸 끌리게 된 것이다.

"전에도 말했지만 그냥 착한 사람이야. 나만 바라봐주고 나만 위해주는……. 마치 나를 위한 해바라기처럼 그렇게 나만 바라보고 있어. 그래서인지 나도 늘 그녀만 바라보게 되지. 그냥 그래. 이런……. 지금 내가 무슨 바보 같은 소리를 하고 있는 거지? 하하."

"넌… 정말 미워할 수가 없는 남자야. 으휴, 알았다. 그 바보 같은 해바라기를 위해서라도 내가 양보할게. 대신 그녀가 오면 꼭 소개시켜 주기다?"

"알았어. 그렇게 할게."

지혜는 속상했지만 영빈의 마음이 너무 확고한 것을 느끼자 오히려 화가 가라앉아 버렸다.

이 남자에게 사랑받고 있는 그녀가 마냥 부러울 뿐…….

어쨌든 두 사람이 이런 이야기를 나누고 있을 때 갑자기 축제장 주변이 술렁이기 시작했다.

그리고…….

"여신이 떴다!"

"뭐라고? 그게 무슨 소리야?"

"아 몰라! 지금 저쪽에 여신이 떴대. 나도 어서 가봐야지."

여기저기서 이런 소리와 함께 학생들이 정문 방향으로 이동하기 시작했다.

그러자 지혜가 한소리 했다.

"보나마나 또 연예인이라도 온 모양이군. 하긴 우리 학교 아카라카 공연 무대에는 유명 가수들과 연예인들도 많이 오니 당연하겠지만……. 아무리 그렇다 해도 남자애들이 저게 뭐니? 창피하지도 않은가. 설마 너도 가보고 싶은 건 아니겠지?"

"난 연예인들한테 관심없어. 하지만 어쩐지 저쪽은 가보고 싶어지네. 왠지 아는 사람이 온 것 같은 기분이 들거든."

"호호……. 너도 왕자병 있었니? 의외인데?"

"나, 나는 연예인보다 우리 지혜가 훨씬 예쁜데……."

바로 그때 과친구 지훈이가 끼어들며 이렇게 한마디 했다.

그의 눈에는 세상에서 지혜가 가장 예뻤던 모양이다.

"그건 나도 그래. 난 앞으로 지혜 팬클럽을 하나 만들까 생각 중이거든."

"나도~!"

"호호……. 다들 농담이라도 고맙다. 날 그렇게 생각해 주니……."

그런데 지훈이와 같은 생각을 하는 남학생들은 의외로 많았다.

여기저기서 이런 말들이 나오는 것을 보면 말이다.

하긴 미모와 지성을 동시에 갖춘 지혜라면 충분히 그럴

만한 자격이 있었다.

그런데 그때…….

"저기요……. 전 그냥 친구를 만나러 온 거거든요. 잠시만 비켜주세요."

"그 친구가 누구인데요? 혹시 남자 친구입니까?"

"그러지 말고 그냥 우리와 함께 놀아요. 우리 동아리에서 준비한 게 진짜 최고라니까요."

웅성거리는 소리와 함께 일단의 무리가 점차 영빈이네 쪽으로 다가오고 있었다.

그 무리는 가운데 어떤 아가씨를 둥그렇게 에워싼 채 서로 같이 가자고 애원을 하는 듯 보였는데…….

"거기, 혹시 수아니?"

"아! 영빈아! 나야, 나!"

그의 예상대로 수많은 사람들에게 둘러싸여 있는 사람은 수아였다.

그렇게 수아가 등장했다.

2

빵빵~ 빠아앙~!

"이크……. 하마터면 큰일 날 뻔했네. 엉뚱한 곳으로 갈 뻔했어."

영빈은 생각에 잠겨서 운전을 하다가 자칫해서 동작대교를 올라탈 뻔했다.

그것을 깨닫고 얼른 차선을 변경하긴 했지만 그 때문에 다른 차가 놀랐는지 클랙슨을 요란하게 울렸다.

위험한 순간이었다.

"난 어찌 된 게 수아 생각만 하면 넋이 빠지는 걸까. 휴우……. 알고 보면 한참 어린 소녀인데……. 아니지. 2012년에는 그녀도 나와 동갑이잖아? 그렇다면 사고를 쳐도 비양심적인 건 아니잖아? 아흐~!"

사고를 칠 상상을 하는 것만으로도 영빈은 온몸이 베베 꼬였다.

그리고 또다시 그날의 일이 떠오르기 시작했다.

바로 축제일 말이다.

수많은 사람들의 원하지 않는 에스코트를 받으며 등장한 수아는 환하게 웃으며 다가왔다.

그리고…….

"영빈아!"

덥석~!

"수, 수아야!"

어디서 대체 그런 용기가 나왔을까?

수아는 영빈을 보자마자 그대로 덥석 안겨 버렸다.

평상시 너무도 조신한 그녀를 생각해 볼 때 워낙 파격적인 일인지라 영빈은 그 자리에 얼이 빠지고 말았다.

물론 너무 좋아서였다.

영빈도 숨길 수 없는 상남자였으니까.

"나 한참 찾았어. 너희 학교의 축제가 워낙 유명해서 그런지 왜 이렇게 사람이 많은 거야?"

"네가 지각해서 그렇지. 사실은 약속 시간 내내 난 정문 앞에 서 있었거든."

"그랬구나, 미안해. 택시를 탔는데 차가 너무 심하게 막히는 바람에 늦었어."

"하하, 괜찮아. 아참, 이쪽으로 와봐. 친구들 소개해 줄게."

"응!"

영빈이 정신을 차리자마자 수아의 손을 붙잡은 채 친구들에게 가려고 하다가 또다시 깜짝 놀라고 말았다.

어느새 그들의 주변에는 수많은 사람들이 서서 반쯤 넋을 잃은 채 침까지 흘리며 두 사람을 뚫어지게 바라보고 있었기 때문이다.

누군가 본다면 정신병원에서 정줄을 놓은 채 침을 흘리며 흰 벽만 바라보고 있는 환자를 떠올릴 것만 같을 정도로 그들은 정신을 차리지 못하고 있었다.

이런 것을 두고 미모에 홀려 넋이 나갔다고 하는 것인가.

그렇다고 하기엔 그 정도가 너무 심했다.

"그랬어……. 어쩐지 이상하다 했어. 저런 나쁜 놈. 이렇게 천사 같은 여친이 있으니 지혜도 소용이 없었던 거였어. 젠장~!"

"오오……! 나는 태어나서 이렇게 예쁜 여자는 처음 봐. 저……. 저거 사람 맞지? 사람이지?!"

어찌 된 게 수아는 갈수록 아름다워지고 있었다.

아마 꽃처럼 활짝 피는 나이가 되어서 더 그런 모양이다.

자주 보는 영빈이 조차 만날 때마다 감탄할 정도니 처음 보는 사람들의 반응은 전혀 이상하지 않았다.

심지어 사람인지 조차 의심하는 사람이 나타나도 누구 하나 그를 이상하게 여기지 않을 정도였다.

본인도 비슷한 생각이 드는데 남을 어찌 손가락질하겠는가.

"수아야, 얘가 지훈이야. 나 바쁠 때 가끔씩 대출도 해주는 좋은 친구지."

"호호……. 대출해 주는 친구가 좋은 친구였어? 아무튼 반가워요. 전 윤수아라고 해요."

"네, 네……! 바, 바, 바, 바, 반, 반갑습니다!"

방금 전까지만 해도 연예인 보다 지혜가 좋다고 흥분했던 지훈의 눈이 하트로 돌변하는 순간이다.

"그리고……."

"난 서지혜라고 해. 네가 바로 영빈이 여자 친구구나. 과연……."

"으응. 윤수아라고 해. 그런데 우리 오늘 처음 보는 거 아니니?"

"맞아."

"응……. 난 또 초면에 말을 막 하기에 구면인 줄 알았지 뭐니. 호호."

수아는 워낙 예의 바른 성격인지라 이런 상황이 쉽게 적응이 되지 않았다.

때문에 일부러 슬쩍 비꼬아서 말을 한 것인데…….

"원래 내 성격이 그래. 또래끼리 말을 높이는 것도 좀 징그럽잖아."

"그것도 그렇구나. 아무튼 영빈이랑 친구라고 하니 앞으로 잘 지내보자."

수아는 진심으로 이렇게 이야기했지만 지혜는 뭔가 못마땅한 얼굴로 그런 수아의 위아래를 훑어보았다.

알고 보면 지혜도 절대 못된 여자는 아니었다.

그렇지만 지금은 왜 그런지 몰라도 수아에게 못되게 굴

고 싶었다.

자신도 모르게 질투심이 일어난 모양이다.

"그런데 어쩌지? 나는 얼굴만 예쁘고 머리는 나쁜 여자랑 친구하지 않는데……. 너 혹시 머리가 나쁜 건 아니겠지?"

"그, 글쎄……. 그렇게 좋다고 생각하지는 않지만……."

미모로는 아예 게임이 될 것 같지 않았는지 지혜는 슬쩍 지성을 내세웠다.

어쨌든 Y대학 정외과를 다닐 정도면 어디 가서도 빠지지 않는 스펙 아니겠는가.

스스로도 미친 게 아닌가 싶을 정도로 치사한 일이었지만 질투가 그런 이성마저도 눌러버린 것이다.

"오늘은 즐거운 축제잖아. 그런 고리타분한 이야기는 그만하고 우리 신나게 즐겨 보는 건 어때?"

"그래, 영빈아."

"잠깐만……. 수아라고 했지?"

"응, 왜?"

영빈이 수아와 함께 축제를 즐기러 가려고 하자 갑자기 지혜가 수아를 불러세웠다.

전히 약간 심통 난 얼굴이었다.

"너 학교는 어디 다녀? 설마 학교도 다니지 않는데 우리 학교 축제에 온 것은 아닐 테고……. 그냥 갑자기 궁금해서 물어보는 거야."

지혜는 스스로도 예쁜 얼굴을 하고 있으면서도 한 가지 통념에서 벗어나지 못하고 있었다.

얼굴이 예쁘면 머리가 나쁘다는 잘못된 통념 말이다.

하지만…….

"그게……."

"수아 씨, 지혜의 말 신경 쓰지 마세요. 우리 학교 축제는 꼭 학생이 아니더라도 함께 즐길 수 있어요. 하하."

수아가 막 대답을 하려던 순간 지훈이 끼어들어 이렇게 대신 대꾸했다.

계속 두면 수아가 난처해질까 봐 걱정이 된 모양이다.

그 역시 수아의 자신없어 보이는 태도를 보고 오해를 한 게 분명했다.

물론 수아는 성격상 조용히 이야기한 것뿐인데 말이다.

"저… S대 법학과 1학년이에요. 좀 고리타분한 학교에 다니고 있죠."

"아, 그러니까 서울… 네? S, S대 법학과라고요? 세상 에……."

수아가 작은 목소리로 이렇게 대답하자 지훈은 입을 딱 벌리고 말았다.

그도 그럴 것이 이렇게 예쁜 여자가 대한민국 최고의 명문대학생이라니…….

쉽게 믿어지는 이야기가 아니었다.

"맞다, 그리고 보니 S대에 다니는 형한테 들은 것 같아. 올해 입학한 새내기 가운데 눈부시게 아름다운 여학생이 있다던데 바로 그분인가 봐. 법학과라면 틀림없어."

"그… 그랬구나. 어째서 영빈이 그렇게 자기 여친을 찾았는지 이제야 알 것… 같네. 저런 미모에 뛰어난 두뇌 그리고 저 겸손까지……. 내가 상대할 수 있는 여자가 아니었어."

주변에 있던 어떤 남학생이 손뼉을 치며 이런 말을 하자 지혜는 허탈한 목소리로 힘없이 중얼거렸다.

그리고는 수아 앞으로 걸어가서 갑자기 악수를 청했다.

"미안하다. 나… 사실은 영빈이를 좋아했어. 그래서 너를 보는 순간 질투가 일어났나 봐. 하지만 이제 진심으로 두 사람을 축복해 줄게. 나 너무 미워하지 마. 알았지?"

"그렇게 말해줘서 고마워. 하긴 누구라도 우리 영빈처럼 멋진 남자라면 반하는 게 정상일 거야. 그런데 너 이거 아니?"

"뭘?"

지혜가 눈을 동그랗게 뜨고 되묻자 수아가 얼른 그녀의

귓가에 입을 바짝 가져다 대더니 이렇게 속삭였다.

"저 남자 사실은 순진해도 너무 순진해. 우린 사귄 지가 일 년이 넘었는데 아직까지 키스도 못해봤어. 겨우 뽀뽀가 전부였지. 저런 쑥맥을 나 말고 누가 계속 좋아해 줄 수 있겠어?"

"뭐? 오호호호! 너 정말 재미있는 아이로구나. 하긴 나도 쑥맥은 별로야. 수아야 오늘 재미있게 놀고 우리 다음에 꼭 둘이만 만나자. 알겠지?"

"그래 나도 좋아. 너처럼 솔직하고 당찬 친구가 생겨서 기뻐."

한순간에 두 여자는 가까워졌다.

수아의 솔직한 태도가 지혜의 마음을 움직였던 것이다.

하지만 여기까지 떠올리던 영빈은 갑자기 운전대를 한 대 치며 이렇게 중얼거렸다.

"젠장, 내가 그렇게 쑥맥이었나? 나이 사십이 다 되서 이런 소리를 다 듣다니……. 수아, 너 오늘 죽었어. 쑥맥이 얼마나 무서운지 몸으로 보여주겠어. 흐흐흐."

그가 차를 세우며 음흉한 미소를 짓고 있을 때 길가에는 그림처럼 아름다운 수아가 마치 아무것도 모르는 꽃사슴처럼 생글거리며 서 있었다.

바로 그 쑥맥을 기다리며…….

3

　성북동 조용한 주택가 골목길에 고급 승용차 한 대가 나타났다.

　이 동네는 원래 부자들이 많이 살기로 유명한 동네인지라 고급차라 해도 그다지 특별한 것은 아니었다.

　단지 지금 특별한 것은 그 차가 아니라 차 앞에 섬뜩하게 느껴지는 검은색 지프가 가로막은 점이다.

　"저 새끼 뭐야?"

　빵빵～!

　"뭔가 김 기사?"

　"어떤 녀석이 길을 가로막고 차를 세워 놓았습니다. 헤드라이트를 켠 채 서 있는 것을 보면 곧 나갈 것 같긴 합니다만……."

　"우리 동네에도 저런 무개념한 놈들이 있었나?"

　"그러게 말입니다."

　고급 승용차 뒷좌석에는 나르시의 사장이 타고 있었다.

　지금 막 퇴근하는 중인 모양이다.

　그런데 하필 이럴 때 지프가 길을 막고 있으니 짜증이 치미는 것은 당연할 터였다.

그렇지 않아도 요즘 스트레스를 많이 받아 쉬고 싶은 마음이 굴뚝같기에 더 그랬다.

바로 그 때, 가만히 서 있던 지프의 문이 열리며 몇 사람이 내렸다.

모두 손에 야구 방망이를 든 채였는데 그들은 내리는가 싶더니 갑자기 달려와 고급승용차를 내려치기 시작했다.

쾅! 쾅! 쾅!

"이, 이게 뭐지?"

"저놈들 대체 누구야?"

오밤중에 정체모를 괴한들이 무섭게 야구방망이를 휘둘러 마치 차를 부술 듯이 하고 있는데 겁나지 않을 사람은 아무도 없을 것이다.

원래대로라면 기사가 나가서 말려야겠지만 이럴 때 나가면 죽을 것 같아서 기사 역시 자리에서 꼼짝도 하지 못하고 있었다.

하지만 그것도 그리 오래가지 못했다. 괴한들이 어느새 유리창을 부수고 차 문을 열었기 때문이다.

"이봐, 심순보 씨, 좋게 말할 때 내리시지……. 당신을 보고 싶어 하는 분이 있거든."

"왜들 이러시오? 돈이 필요하면 돈을 줄 테니 이러지들 마시오."

철썩!

"악~!"

"말로 할 때 그냥 내려. 뒤지게 쳐맞고 끌려가기 전에……."

괴한들은 아마추어가 절대 아니었다.

이들은 말 몇 마디로 나르시 사장을 꼼짝도 할 수 없게 만들었다.

그는 이미 이들이 돈 몇 푼을 뜯기 위해 이런 짓을 벌인 것이 아님을 깨닫고 순순히 차에서 내렸다.

퍽!

"컥!"

그러자 괴한들은 한순간에 운전기사를 기절시키더니 심순보 나르시 사장을 자신들의 차에 태우고 곧장 사라져 버렸다.

"다녀왔습니다, 회장님."

"이런, 이런……. 이게 누구신가……. 이거 혹시 나르시의 사장님 아니신가?"

"끄응……. 안, 안녕하십니까? 진 회장님 오랜만에 뵙습니다."

괴한들이 나르시 사장의 눈을 가리고 데리고 간 곳은 어둡고 음습한 창고였다.

그 창고 중앙에는 밝은 백열전등이 비추고 있었는데 그 아래에는 놀랍게도 나르시에 50억을 투자했던 진영일 회장이라고 밝혔던 자가 서 있었다.

그를 보는 순간, 심순보는 온몸에 소름이 쫙 끼쳤다.

자신이 이 밤중에 왜 끌려온 것인지 대충 감 잡았기 때문이다.

"그렇지. 오랜만이지. 우리가 왜 이렇게 오랜만에 만나야 하지? 내 기억으로는 지난주 월요일쯤에 만났어야 하는 것 아니었나?"

"죄, 죄송합니다. 사실은 자금 회수가 생각보다 조금 늦어져서요."

심순보가 이렇게 이야기하자 진 회장이 느린 걸음으로 그에게 다가왔다.

그러고는 물고 있던 시가를 힘차게 한 번 빨더니 그것을 그대로 심순보의 얼굴에 갖다 댔다.

지지직…….

"끄아아악~~!"

살이 타는 매캐한 냄새와 함께 심순보의 처절한 비명 소리가 울려 퍼졌다.

하지만 그럼에도 진 회장의 표정은 조금도 달라지지 않

았다.

실로 무서운 인물이었다.

"잘 듣게. 나는 그리 한가한 사람이 아니야. 내가 너처럼 별 볼일 없는 놈에게 돈을 투자해 준 것은 벌기 위해서지, 이처럼 짜증나는 일을 당하기 위해서가 아니야. 정확히 열흘 주겠다. 열흘 후까지 원금을 보내고 그 뒤로 일주일을 더 줄 테니 약속했던 이익금을 보내라. 그렇지 않으면 너는 물론 네 딸년과 마누라까지 그냥 두지 않겠다. 알겠나?"

"네, 네. 알겠습니다."

이미 대세는 기울어진 상태였다.

처음 20억 상당의 물량으로도 감당이 되지 않자 오기가 생긴 나르시 사장은 남은 물량을 모두 쏟아부었지만 이상하게도 엘프 쥬얼리는 끄떡없었다.

아니, 오히려 나르시가 내세운 가격보다 여전히 20퍼센트 이상 싸게 상품을 내놓았다.

그로 인해 나르시가 입은 손해는 엄청났다.

가격을 워낙 낮게 책정하는 바람에 팔면 팔수록 손해를 입는 데다가 그동안 들어간 광고비와 각종 홍보 비용까지 합친다면 그 액수는 실로 처절할 정도였다.

더 심각한 문제는 은행에서도 발생했다.

회사가 잘 돌아갈 때 같으면 독촉은커녕 오히려 돈을 더 쓰라고 하던 주거래은행마저 채무를 변상하라고 종일 난리였다.

'빌어먹을……. 그나마 남대문 물건이라도 회전시킬 수 있으면 어음이라도 돌릴 수 있을 텐데 그 미친놈들이 재료비를 판매가 수준으로 달라고 하니 정말 미치겠군. 하지만 그게 마지막 희망이니 더 손해를 본다 해도 그렇게라도 할 수밖에…….'

상황은 최악이었다.

이제 제품의 원가조차 회수할 수 없는 데다가 막아야 할 어음 금액도 엄청났다.

이런 그가 마지막 돌파구로 택할 수 있는 것은 비싸더라도 남대문에서 새로운 액세서리를 구입해서 시장에 뿌리는 일이다.

그래야 어떻게 해서든 자금 회전이 가능하기 때문이다.

물론 그런다 해도 궁여지책밖에 되지는 않지만 일단 급한 불은 끌 수가 있었다.

'결국 저 무서운 인간들의 돈은 회사 건물과 집을 담보로 해결하는 수밖에 없을 것 같군. 빌어먹을……. 내가 어떻게 장만한 부동산인데……. 이 모든 게 다 그놈들 때문이다. 바로 엘프 쥬얼리 이 죽일 놈들…….'

시작은 자기가 먼저 했다는 것을 그는 아직도 깨닫지 못하고 있었다.

그가 만일 영빈을 건들지 않았다면 최악의 경우를 맞이하지 않았을 것이다.

물론 두 사람의 악연으로 보아 결국 언젠가는 만나게 되었겠지만 그것을 알 리가 없었다.

부우웅~

"우욱……."

요란한 소리와 함께 지프가 사라지자 심순보는 힘겹게 일어났다.

그리고는 그들이 가려놓은 안대를 풀었다.

다행히 차에서 내려줄 때 묶었던 팔은 풀어주었던 모양이다.

하지만 그의 얼굴에는 흉측스러운 담배 빵 자국이 남아 있었고 그의 정신은 피폐해 질대로 피폐해 있었다.

"절대로 가만두지 않겠다. 이 심순보 겨우 이 정도로 죽지 않는다. 네 놈들을 작살내지 않고서는 절대로 죽지 않는다고!"

그는 마치 미친놈처럼 이렇게 외쳤지만 이제 결코 승리자의 모습은 아니었다.

Chapter 09
더 큰 도약

1

봄부터 시작했던 나르시와의 전쟁을 치르면서 엘프 쥬얼리는 상상도 하지 못할 속도로 성장해 나갔다.

치열한 경쟁이 기업의 발전을 가속화시켰기 때문이다.

아이디어가 번뜩이는 신상품이 수도 없이 쏟아졌으며 그만큼 공장은 쉴 새 없이 제품을 생산해냈다.

신상품마다 히트를 쳤기 때문이다.

"허허……. 난 정말 민 사장님을 볼 때 마다 인간이 맞나 의심이 다 생길 지경입니다. 이제 겨우 약관을 넘긴 나이에 어떻게 이런 큰 사업을 태연하게 이끄는 것인지 이해가 가질 않습니다."

"이거 또 왜 이러십니까, 김 사장님. 모두 다 김 사장님처럼 후덕하신 분들께서 도와주신 덕분인데요 뭐."

"허허허……. 그게 정말 내 덕이라면 어떻게 민 사장님이 저보다 더 빨리 발전할 수가 있는 겁니까? 그건 뭔가 문제가 있는 거 아닙니까?"

김 사장의 가벼운 농에 영빈은 가볍게 손사래를 치며 말을 돌렸다.

"또 그러신다……. 더 발전이고 자시고가 어디 있습니까? 분야가 서로 다른데. 자꾸 그런 실없는 말씀만 하시지 말고 제가 부탁드린 일이나 어서 이야기해 주십시오. 궁금합니다."

모처럼 영빈은 김 사장을 만나 가볍게 식사를 하며 대화를 나누고 있었다.

그의 성격이나 김 사장 성격으로 볼 때 둘의 만남은 그저 식사나 하기 위한 것은 아닐 터였다.

둘 다 시간을 무척이나 아끼는 시간 구두쇠들이기 때문이다.

"알아보니 다행히 성수동에 그런 건물이 하나 있기는 하더군요. 위치는 바로 이곳입니다. 지금은 겨우 6미터 도로에 접해 있습니다만 향후 4차선 도로 계획이 잡혀 있어서

투자로도 아주 좋은 땅이지요. 하지만 가격이 만만치 않아
서……."

"얼마인데요?"

영빈의 말에 김 사장이 가지고 왔던 지도를 꺼내더니 그
것을 테이블에 펼쳐 놓았다.

그러고는 이렇게 설명을 곁들였다.

"현재는 큰 도로에서 한 블록 들어간 곳이라 평당 땅값은
싼 편입니다만 크기가 300평이나 되다 보니 전체 가격이 꽤
됩니다."

영빈의 형편을 대충 알고 있다고 생각해서 그런지 김 사
장은 시원하게 말을 하지 못하고 자꾸 딴소리만 했다.

"글쎄 걱정 마시고 어서 가격이나 말씀해 보시라니까
요."

"평당 단가가 300만 원이고 합이 9억입니다. 건물이 낡
아서 땅값만 계산하면 됩니다. 아까 말씀드렸다시피 향후
왕복 사차선 도로가 생기는 곳이라 투자 전망은 좋습니다
만 9억이 뉘 집 애 이름도 아니고……."

"그걸로 하겠습니다."

"네에? 방금 뭐라고 하셨습니까?"

영빈이 너무 쉽게 말하자 김 사장은 놀라고 말았다.

물론 지금 영빈의 사업이 잘되고 있다는 것은 그도 잘

안다.

하지만 그래봤자 사업을 시작한 지 이제 겨우 십 개월 정도이다.

십 개월 전만해도 사무실 임대조차 쉽지 않아 자신이 도와주지 않았던가. 그런 사정까지 알고 있었기에 더 놀랐다.

"그걸로 하겠다고요. 대신 한 가지 조건이 있습니다."

"어떤 조건을⋯⋯."

"전액 일시불로 드릴 테니 땅값을 일억 정도 더 깎아보세요."

"그, 그런 말도 안 되는⋯⋯."

전입가경이란 이럴 때 쓰는 말일 것이다. 어쨌든 1993년이다.

이 시절에 9억이면 실로 엄청난 돈인 것이다.

지금의 화폐 가치로 비교해 보면 아무리 안 되도 30억 이상은 될 텐데 그런 거금을 일시불로 지불하겠다니⋯⋯.

아무리 김 사장이라지만 기가 질리는 이야기였다.

"일억이 너무 많은가요? 요즘 같이 현금이 잘 안도는 불경기에 그 정도는 괜찮은 조건 같은데요?"

아무 준비 없이 갑자기 금융 실명제가 시작되는 바람에 진짜로 현금 구경이 쉽지 않던 시절이다.

사채업자들도 세금이 겁나서 웬만하면 돈을 묶어두고 있

던 때인 만큼 현금을 그렇게 많이 지불한다는 것은 크게 유리한 조건임에는 분명했다.

"정말로 민 사장님이 일시불로 땅값을 지불하신다면 제가 책임지고 일억을 깎아 드리도록 만들겠습니다."

"역시 김 사장님이십니다. 다시 말씀 드리지만 그 땅은 우리 사옥을 지을 땅입니다. 신경 많이 써주세요."

영빈이 김 사장에게 부탁했던 것이 바로 이것이었다.

공장 인근으로 사무실도 옮기기 위해 아예 사옥을 지을 부지를 찾아달라는 것 말이다.

사실 영빈에게는 충분한 돈이 있었다.

그가 발견했던 금을 계속해서 상품화시켜 내보냈으니 그 이상의 돈으로 환원되어 돌아온 것은 당연했다.

회사의 이익 부분은 따로 빼놓는다 쳐도 어차피 금값은 지불되어야 하는 것 아니겠는가.

지금 영빈의 개인 통장에는 현금만 무려 100억이 들어와 있는 상태였다.

거기에다가 지금 김 사장이 말하고 있는 땅은 훗날 도로가 뚫리면서 지금 가격의 열 배 이상으로 뛸 땅이었다.

2012년 무렵에도 성수동은 자주 가봤기에 그건 김 사장보다 그가 더 잘 알고 있었다.

"신경이야 당연히 쓰겠지만……. 정말로 괜찮으시겠습

니까?"

"하하! 설마 김 사장님께서 절 믿지 못하는 것은 아닐 테
지요?"

"그, 그건 그렇지만……."

"저에게도 괜찮은 투자자 분들이 몇 분 계십니다. 그 덕
분에 그 정도 돈은 충분히 움직일 수 있으니 아무 걱정 말
고 일이나 잘 처리해 주세요. 참, 그리고 한 가지 더 부탁드
릴 게 있습니다."

어느 정도 그 땅 문제는 정리되었다고 생각했는지 영빈
이 은밀한 목소리로 이렇게 말했다.

"이거 이야기를 듣기 전부터 은근히 겁납니다. 민 사장님
께서 또 어떤 일을 저지르려고 하는지 말입니다."

"하하! 이번 건이야말로 제가 김 사장님께 약간이나마 신
세를 보답할 수 있는 건이라고 여겨집니다만……. 김 사장
님께서는 실내 인테리어 사업도 하시죠?"

"허어~ 그건 또 어찌 아셨습니까? 아직 한 번도 그 일에
대해서는 이야기한 적이 없는 것 같은데……."

영빈의 말에 김 사장은 또다시 놀랄 수밖에 없었다.

그는 몇 가지 사업을 하고 있지만 그것을 모두 밝히고 다
니지 않는다.

여러 가지 일을 한다고 하면 상대에게 전문가답지 못한

이미지를 심어줄 지도 모른다고 생각했기 때문이다.

"다 아는 수가 있습니다. 그건 나중에 이야기하기로 하고 우선 제 이야기부터 들어보십시오."

"허허, 날이 갈수록 민 사장님께서는 무섭습니다. 나이가 어리다고 얕보다가는 진짜 큰코다치기 딱입니다. 그려……. 어서 말씀해 보시지요. 경청하겠습니다."

김 사장이 자세까지 바로하며 신중하게 이야기를 들을 준비를 했다.

그러자 영빈은 그런 그를 보며 환하게 웃어주고는 마침내 조용히 입을 열었다.

"저희 엘프 쥬얼리와 경쟁해 왔던 나르시라고 아시죠?"

"물론이죠. TV광고도 자주 하는 업체 아닙니까?"

"맞습니다. 그 나르시에는 나르시 제품만 취급하는 대리점이 여러 군데 있습니다."

"그렇겠지요. 그 정도 회사라면 대리점이 있는 것도 이상한 일은 아니니까요."

대체 영빈이 무엇 때문에 나르시와 그들의 대리점 이야기를 꺼낸 것인지 김 사장은 짐작도 할 수 없었다.

그런데…….

"바로 그들의 대리 점주들과 은밀히 만나서 인수 작업을 진행해 주십시오. 아무리 생각해 봐도 이런 일을 조용히 처리해 주실 분은 김 사장님밖에 없는 것 같습니다. 대신, 그 대리점들의 새로운 인테리어 일은 모두 김 사장님께 드리겠습니다."

"그, 그럴 수가……. 설마 나르시의 대리점을 엘프 쥬얼리의 대리점으로 바꾸실 생각이십니까?"

"맞습니다. 아까 말씀드린 대로 저에게는 몇 분의 큰손이 계십니다. 그 가운데 대형 슈퍼마켓을 스무 개 가량 운영하시는 분도 계시지요. 그런데 그분께서 저희 회사의 대리점을 하고 싶어 하십니다. 그것도 한두 개가 아닌 여러 개를 동시에 말입니다. 무슨 이야기인지 아시겠죠?"

김 사장도 정보에 꽤 민감한 사람이다.

특히 자신과 거래 관계에 있거나 투자 관계에 있는 사람에 관한 정보라면 빠삭하다 할 만했다.

그렇기에 그 역시도 나르시와 엘프 쥬얼리와의 전쟁 이야기를 어느 정도 알고 있었다.

그 싸움에서 나르시가 거의 완패하고 있다는 것도.

하지만 그렇다고 해도 아직 전쟁은 완전히 끝난 게 아니었다.

그런데 엘프 쥬얼리의 오너인 영빈은 상대 회사의 대리점을 꿀꺽 집어삼킬 계획까지 세워 놓고 있는 것 아닌가.

그건 바로 이 전쟁의 승리를 의미하고 있었다.

그것도 아주 완벽한 승리를 말이다.

2

　1993년 12월 20일자 경제 신문 한 귀퉁이에 이런 기사가
실렸다.

　―주식회사 나르시가 12월 19일을 기점으로 최종 부도처리가
되었다. 이로써 한때 액세서리 시장을 주도했던 중견 기업이 또
하나 사라졌다.

　한때 연일 TV광고까지 했던 유명한 회사의 몰락치고는
너무나 초라한 결말이었다.
　영빈은 이 기사를 읽고 새로운 감회를 느끼고 있었다.
　그 감회는 단순히 나르시를 이겼다고 해서 오는 그런 감
정이 아니었다.
　여기에는 더욱 중요한 의미가 숨어 있었던 것이다.
　'마침내 내 행동으로 인해 또 하나의 운명이 바뀌었다.
이는 재호 아버지의 생존과는 또 다른 의미가 있다. 아직
그분의 운명은 백 퍼센트 장담할 수가 없었기 때문이다. 단
순히 원래의 죽음보다 시간만 조금 연장된 것인지도 모른

다. 하지만 나르시의 철저한 몰락은 미래의 그들 운명과 완전히 달라진 결과라고 할 수 있다. 이것이야말로 진정으로 내가 원했던 결과이다. 이로써 나는 어머니도 살릴 수 있다는 확신을 가질 수 있게 되었다.'

영빈이 그동안 가장 간절히 원했던 것이 바로 이것이었다.

행여 일이 조금이라도 잘못될까봐 생각조차 함부로 할 수 없었던 어머니의 생존…….

그는 이제야 그것에 대한 희망을 확인한 것이라 할 수 있었다.

따르릉~

그가 차 안에서 신문을 보다가 이런 생각에 잠겨 있을 때 갑자기 전화벨 소리가 들려왔다.

최근에 핸드폰을 장만한 영빈이었다.

아직은 기지국이 많지 않아 실용성이 처지긴 했지만 그래도 시내 권에서는 제법 쓸 만했다.

2012년도에 살던 영빈에게는 무척이나 무식한 모델이긴 했지만…….

"여보세요……. 응, 재호야. 아직 퇴근 안했어? 방금 기사 읽었어. 어차피 예정되어 있던 수순을 밟은 것뿐이지. 과장으로 승진을 하더니 너무 일 욕심을 부리는 것 아니야?

그럴 필요없으니 그냥 퇴근해. 이건 사장의 명령이야. 오늘은 일찍 가서 가족들과 함께 맛있는 거라도 먹는 게 좋겠다. 그게 가장 좋은 축하 아니겠어?”

그사이 재호는 과장으로 승진한 모양이다.

사실은 나르시의 몰락이 확정되고 또 엘프 쥬얼리의 대리점이 탄생하면서 회사는 전체적으로 대대적인 인사이동과 승진이 있었다.

조직이 그만큼 커진 것이다.

영빈의 마음으로는 재호를 부장으로 승진시키려 했지만 본인이 나이가 너무 어리고 아직 경험도 부족하다며 극구 사양했기 때문에 결국 총무과장으로 만족해야 했다.

“벌써 일곱 시가 다 되어 가는데 왜 아직도 오지 않지? 이럴 줄 알았으면 차라리 집으로 가서 태워가지고 나올걸 그랬네. 집에 아무도 전화를 받지 않는 것을 보면 오고 있는 것은 맞는 것 같은데…….”

가만 보니 영빈이 역시 가족들을 만나기 위해 기다리고 있었던 모양이다.

그동안 나르시와의 전쟁에 또 사옥 문제 그리고 대리점 오픈과 직원들 관리문제 등 바빠도 너무 바빴었다.

그 덕분에 가족들 얼굴마저 잊어버릴 지경이었다.

거기다가 사실 오늘은 현아의 생일이다.

만일 아침에 윤아의 귀띔이 없었다면 오늘도 그냥 넘어갈 뻔했다.

그는 답답했는지 차에서 내리더니 괜히 쌓여 있는 눈을 발로 차며 이렇게 중얼거렸다.

바로 그때,

"오빠!"

"영빈아, 우리가 좀 늦었지?"

"저도 방금 전에 왔는걸요. 우리 공주님들 오늘따라 더 예뻐 보이네."

"당연하지. 우리가 누구 동생인데……. 호호."

하얀 파카를 입은 윤아가 제일 먼저 등장했다.

그리고 그 뒤를 이어 오늘 따라 더욱 건강해 보이는 어머니와 성숙해 보이는 코트차림의 현아가 나타났다.

그들은 모두 환한 미소를 짓고 있었다.

"자, 오늘은 우리 현아가 주인공이니 현아가 갖고 싶은 것을 말해봐. 뭐든지 다 사줄게."

"나 진짜로 갖고 싶은 것이 하나 있기는 한데……."

"그게 뭔데?"

"정말 다 사줄 거야?"

현아의 표정이 약간은 짓궂어 보였다. 뭔가 꿍꿍이가 있는 듯한 모습이다.

"오빠가 언제 약속을 어긴 적 있었나?"

"그건 아니지. 그럼 말할게. 지난번에 학교 근처에 있는 가게에서 친구들이랑 봤는데 오빠네 회사에서 나온 목걸이가 너무 예쁘더라. 그거 사주면 안 돼?"

결국 현아가 원하는 것은 중학생이 할 만한 것이 아니었다.

그녀가 본 것은 요즘 엘프 쥬얼리 상품 중에 가장 인기가 많은 18k 목걸이가 분명했기 때문이다.

학생이 하고 다니기에는 고가의 제품이었다.

예전 같으면 그야말로 어림도 없는 이야기였지만 오늘따라 영빈은 현아와 가족들에게 선심을 쓰고 싶었다.

"어린애가 목걸이는 무슨……. 오빠가 요즘 힘들게 일해서 너희들 학비와 용돈을 주고 있는데 그런 것까지 바라면 쓰겠니?"

"아니에요, 엄마. 오늘은 특별한 날이니까 일단 가요."

"갑자기 어디를 간다는 말이냐?"

"따라와 보시면 알아요."

영빈과 가족들이 만난 이곳은 강남 거리였다.

그래서인지 주변에는 정말 많은 사람들이 오가고 있었다.

예전 같으면 저 사람들을 바라보며 우울해 했겠지만 지

금은 오히려 그들이 정겹기만 했다.

"어서 들어오세요."

"여기가 어딘데 들어오라는 거니? 보아하니 무척 비싼 곳 같은데……."

"어머나, 여기는 오빠네 회사 대리점인 것 같은데? 간판에 엘프 쥬얼리라고 쓰여 있잖아."

영빈이 가족들과 간 곳은 엘프 쥬얼리 강남점이었다.

장소가 장소인 만큼 매출도 가장 많고 가게 규모도 최고인 대리점이다.

그러다 보니 가족들은 입구에서부터 괜히 주눅이 든 모양이다.

아직도 가족들은 영빈이 얼마나 큰 회사의 오너인지 잘 모르고 있었다.

"걱정 말고 들어오세요. 너희들도 어서 들어와."

"응, 오빠. 엄마 어서 들어가자."

그들이 안으로 들어가자 입구에서부터 깔끔하고 세련되 보이는 아가씨들이 허리 굽혀 인사했다.

무척이나 교육을 잘 받은 직원들인 것 같았다.

내부는 밖에서 보는 것보다 더욱 화려하고 고급스러운 느낌을 주었다.

그런데 그때,

“저기… 손님, 그 물건은 함부로 손대면 안 됩니다. 안 살 거면 저쪽으로 가세요……. 제까짓 게 살 수 있을 리도 없겠지만…….”

“죄, 죄송해요.”

“현아야, 무슨 일이니?”

“이 반지가 너무 예뻐서 나도 모르게 만져서 저 언니가 뭐라고 한 거야. 내 잘못이니 신경 쓰지 마.”

현아가 앞에 서 있는 아가씨의 눈치를 보며 이렇게 말을 하자 영빈의 표정이 살짝 굳어졌다.

이 직원이 방금 전에 작은 목소리로 한 말까지 들었기 때문이다.

“이봐요. 아가씨. 내가 알고 있기로 엘프 쥬얼리 대리점에서는 손님이 왕이라고 들었는데 왕을 대접하는 태도치고는 좀 무례한 것 같네요.”

“아저씨가 뭘 안다고 그런 말을 함부로 해요? 이 반지가 얼마짜리인지 알기나 해요?”

“반지를 집어던지는 것도 아니고 그저 살짝 만진 것뿐인데 너무하는군.”

“아저씨, 살 게 아니면 만져서도 안 되지요. 보석은 때가 타면 빛이 어두워 보인다는 것도 모르세요?”

이야기를 나눌수록 영빈은 어이가 없었다.

　그는 설마 자신의 회사 이름을 내건 대리점에서 손님들을 이렇게 상대한다는 것은 상상도 하지 못했다.

　비록 대리점의 주인은 따로 있었지만 엘프 쥬얼리의 이름을 쓰는 이상 영업 방침도 회사가 정한 규정을 따르게 되어있기 때문이다.

　"무슨 일인가요, 미스 김?"

　"아, 지배인님, 그게 이 손님들이 보석을 함부로 만져서 주의를 주었더니 시비를 걸잖아요."

　"그래요? 헉! 사, 사장님이 여긴 어떻게……."

　"오랜만이네요. 최미희 지배인님. 그런데 이거 실망이군요. 우리 회사의 방침을 누구보다 잘 알고 있는 최 지배인님의 대리점에 저런 직원이 있다는 게 믿어지지 않는군요."

　"죄송합니다. 신입 직원이다 보니 실수를 한 모양이네요. 곧바로 시정 조치하겠습니다."

　이 사태에 윤아와 현아는 물론 엄마까지도 입을 딱 벌린 채 할 말을 잃었다.

　방금 등장한 지배인이라는 여자는 그야말로 강남스타일이었다.

　웬만한 사람은 함부로 말 걸기도 힘들만큼 깐깐해 보였는데 그런 여자가 영빈이 앞에서 쩔쩔매는 모습이 너무 황당했기 때문이다.

하지만 가족들의 놀라움은 그게 다가 아니었다.

지배인은 물론 대리점 사장까지 나타나 영빈과 자신들을 그야말로 극진하게 대접했기 때문이다.

그리고 이제야 가족들은 영빈의 회사가 엄청난 규모로 관리되고 있다는 사실과 그곳의 오너가 바로 자신들의 영빈이라는 사실을 실감할 수 있었다.

험한 소리를 들었던 현아로선 그야말로 눈물이 그렁그렁 맺힐 것 같은 상황이었다.

"오빠, 너무 고마워⋯⋯. 그리고 우리 오빠 오늘 진짜 멋있었어. 난 오빠가 너무 자랑스러워."

돌아오는 길, 차 안에서 현아는 뿌듯한 감정을 감추지 못한 채 이렇게 말했다.

그러자 저마다 한마디씩 영빈에게 말을 건넸다.

"우리 영빈이가 매일같이 일만 하더니 결국 그렇게 큰 회사를 만들었구나. 엄마 역시 네가 자랑스럽다."

"거봐. 내가 뭐랬어? 오빠는 어릴 때부터 남달랐다니까. 난 아직도 그 어린 나이에 날 업고 한 시간을 넘게 걸었던 오빠가 생각 나."

그들은 함께 집에 돌아오면서 이런 이야기들을 나누었다.

가족들은 영빈의 성공을 진심으로 기뻐했고 또 자랑스러

워했다.

영빈의 가족을 향한 터닝포인트는 성공적으로 클라이막스를 향해 달려가고 있었다.

Chapter **10**

마침내……

1

1994년 6월 23일 오후 10시경……

요란한 소리와 함께 승용차 한 대가 좁은 국도 위를 달리고 있었다.

운전자는 바로 영빈이었다.

그는 지금 무섭게 빠른 속도로 속초에 있는 외옹치 항을 찾아가는 중이다.

―주인님, 너무 빠른 것 아닌가요? 제 바람만큼 빠른 거 같아요.

'실피아, 더 빨리 달릴 수 있게 힘쓰고 싶어?'

─그, 그럴 리가요.

괜히 참견했다가 본전도 못 찾은 실피아가 슬며시 숨었
다.

사실 지금 영빈은 마음이 조급한 상황이었다.

최대한 빨리 세레나를 만나고 싶었기 때문이다.

오늘 새벽에 그는 새로운 세상을 만났다.

정령력을 수련하다가 또 한 번의 각성을 했던 것이다. 그
동안 쉴 새 없이 노력해 온 결과였지만 아직 한 번도 도달
해 보지 못한 영역인지라 세레나의 조언이 필요했다.

'세레나……. 세레나 내 말이 들려? 아직 속초에 도착하
려면 멀었는데 벌써 너의 기척이 느껴져.'

─오, 나의 계약자 영빈아. 너 혹시 새로운 각성을 한 거
야?

'역시 들리는구나. 맞아, 아무래도 그런 것 같다. 오늘 새
벽에 각성한 후부터 세상에 퍼져 있는 정령들의 기운을 느
낄 수 있게 되었어. 나, 뭔가 잘못된 거 아닐까?'

운전을 하면서 세레나와 이런 대화를 나누던 영빈은 곧
차가 거의 다니지 않는 도로의 갓길에 차를 세워놓고 본격
적으로 이야기를 나누기 시작했다.

어차피 세레나와 의사 소통이 가능한 이상 굳이 속초까
지 갈 필요가 없었던 것이다.

─그 근처에 물 줄기가 있을까?

'조금만 더 가면 홍천 강이 나와.'

─그럼 거기서 만나자. 이건 직접 보고 이야기 나누어야 할 것 같아.

영빈이 차를 멈춘 곳은 홍천이었다.

이곳에서 조금 더 속초 방향으로 달리자 금방 홍천 강이 나왔다.

'세레나, 어디 있어?'

─강가로 와봐. 그럼 내가 보일 거야.

세레나의 말에 따라 강물이 발에 닿을 정도로 다가간 영빈은 곧 그녀를 발견할 수 있었다.

─과연 내 생각이 맞았구나. 너는 드디어 마스터급 정령사가 되었네. 비록 마스터의 모든 능력을 발휘할 수는 없지만 나를 치료할 수 있는 수준이 된 것 같구나. 정말 너란 인간은… 그저 놀라울 뿐이야.

'마스터급 정령사가 뭔지는 몰라도 세레나를 치료할 수 있다 하니 나도 정말 기뻐. 그럼 이제 난 동정을… 깨도 되는 거야?'

영빈이 조금은 수줍은 표정을 지으며 이렇게 말했다.

그동안 말은 하지 않았지만 그는 단 한 번도 자신이 동정을 지켜야 한다는 사실을 잊지 않았다.

아니 잊고 싶어도 잊을 수가 없었다.

하루에도 열두 번씩 그놈의 동정을 깨고 싶어 미칠 정도였으니까……

물론 가장 큰 원인제공자는 수아였다.

그녀는 청순하고 깨끗한 감성을 가지고 있었지만 남자로 하여금 덮치고 싶은 욕망을 불러일으키는 섹시한 몸도 소유하고 있었기 때문이다.

특히 그녀를 안거나 뽀뽀라도 하는 날엔 밤새 발광을 할 정도였다.

그가 수아에게 쑥맥 소리를 들어가면서도 키스를 못한 것은 못한 게 아니라 안 한 것이었다.

만일 키스를 했다면 절대로 참지 못했을 것이다.

그런 그에게 마침내 동정을 깰 수 있는 기회가 찾아온 것이다.

하지만 막상 세레나의 대답을 듣게 되자 그는 까무러치고 만다.

―동정? 아, 그거? 오호호호호호호.

뜬금없는 세레나의 웃음에 영문을 알지 못하는 영빈은 고개를 갸웃거렸다.

뭔가 내막이 있는 것 같은 웃음이었다.

―그거 말이야. 사실 의미 없어. 동정력이라는 건 사실…

사제에게나 필요한 건데 모르는 차원에 떨어져서 패닉이었지 뭐야. 그래서 혹시 모르잖아. 그래서 이야기를 하다가 문득 착각을 했지 뭐야. 신성력을 모으기 위해 필요한 조건하고 자연력을 느끼는 조건에 대한 것.

"그건 또 무슨 소리야?"

―정령력에 필요한 건 자연과 오랜 시간 마주하고 정령과 계속 맞붙는 수행이 필요하지 동정을 지킨다고 해서 모이는 건 아니라는 이야기지. 아무리 오염된 세상이라 해도 말이야. 내가… 착각을 했지 뭐. 에헷.

털썩…….

만일 세레나가 홍천 강의 물을 움직여 영빈을 깨우지 않았다면 그는 억울해서 총각귀신이 되었을지도 모른다.

아름답고 성숙한 수아를 옆에 두고 참는다는 것은 그야말로 고행이었다.

특히 그는 여자를 잘 아는 서른아홉 살의 영혼을 가지고 있지 않은가.

그런데 기껏 한다는 소리가 착각이었다니…….

그녀 때문에 인생이 바뀌고 어머니를 살릴 수 있게 되지 않았다면 치료고 나발이고 다 때려치웠을지도 모른다.

'좋아. 어차피 지나간 일이니 넘어가기로 하지. 그럼 이제 내가 어떻게 해야 해? 각성 이후로 정령력이 부쩍 늘어

난 것은 알겠는데 어떻게 세레나를 치료해야 할지 그건 아
직 모르겠거든.'

　―그건 걱정하지 마. 마스터 정령사가 되었다는 것은 이
제부터 정령력을 자신이 원할 때 얼마든지 움직일 수 있다
는 뜻이야. 지금부터 내가 불러주는 주문을 외워야 해. 준
비되면 말해줘.

　'언제든지 가능해. 그 주문이 뭔데?'

　처음 영빈이 정령력을 생성시키기 위해서도 주문이 필요
하더니 또다시 주문이 필요한 모양이다.

　―너 처음에 내가 가르쳐 주었던 주문 아직도 기억해?

　'당연하지. 요즘도 가끔 머리가 아프거나 복잡할 때는 그
주문을 외우곤 하거든. 그 주문만 외우면 신기하게도 머리
가 맑아져. 그런데 그건 왜 묻지?

　실제로 영빈은 주문을 자주 외웠다. 그의 말대로 여러 가
지 효능을 체험했기 때문이다.

　―지금 필요한 주문이 지난번 그 주문을 완벽하게 거꾸
로 외우면 되는 거거든. 할 수 있겠어?

　'거꾸로 외우라고? 쉽지는 않겠지만 못할 것도 없지.'

　―그럼 어서 외워봐.

　세레나의 말이 떨어지자마자 영빈은 원래의 주문을 거꾸
로 외우기 시작했다.

우우웅…… 웅웅…….

—하아…… 하아…… 하…….

영빈이 주문을 외우기 시작하자 기묘한 소리와 함께 허공가득 각양각색의 빛 무리가 모여들기 시작했다.

그러더니 그 빛의 무리는 맹렬하게 회전했다.

그러자 세레나의 입에서 고통스러운 신음이 새어나왔다.

하지만 그게 끝이 아니었다.

어느 순간 회전하던 빛의 무리는 일제히 세레나의 입과 귀를 통해 그녀의 몸속으로 들어가기 시작했다.

동시에 영빈의 몸에서도 회색의 빛줄기가 솟아오르더니 그대로 세레나를 향해 날아갔다.

그렇게 영빈과 세레나는 하나로 이어졌다.

—절대로 주문을 멈추어서는 안돼. 알겠지?

'라카탐두…… 레일포타르게 드인하미 고르가 토문아리 아시헤메 튼쿠 야시뎬 문라하 바…….'

세레나의 말에 영빈은 조금 더 격앙된 목소리로 주문을 쉬지 않고 읊었다.

그렇게 약 한 시간쯤이 흘렀다.

그런데 그때 갑자기 엄청난 폭발이 일어났다. 동시에 영빈은 정신을 잃고 말았다.

그렇게 얼마의 시간이 또 지났을까.

─영빈아, 내 말 들려?

'끄응……. 세, 세레나 괜찮은 거야?'

─그래. 네 덕분에 아직 완벽하지는 않지만 원래의 내 힘을 대부분 찾았어. 이제부터 이곳 시간으로 오 년만 더 치료에 임한다면 그때는 원래 내가 있던 차원으로 돌아갈 수 있을 것 같아.

'정말 다행이다. 그리고 오 년이라도 세레나를 더 볼 수 있어서 기뻐.'

영빈의 말에 세레나가 환한 미소로 대답을 대신했다.

그녀 역시 어느새 영빈에게 정이 들었는지 그와 함께 있는 시간이 마냥 즐겁기만 했다.

2

거꾸로 매달아 놓아도 국방부 시계는 돌아간다는 말이 있다.

그 어떤 경우에도 시간은 흐른다는 말이다.

엊그제 학교에 입학한 것 같았는데 어느새 2학년이 되었고 순식간에 여름 방학이 다가왔다.

"갑자기 아빠는 왜?"

"꼭 허락받아야 할 일이 있어서……."

“무슨 허락?”

“미국 함께 가는 허락.”

멈칫…….

영빈이 손을 잡고 신나게 떠들며 걸어가던 수아의 발걸음이 멈춰졌다.

너무 뜻밖의 말을 들었기 때문이다.

“그, 그럼 진짜 미국에 갈 생각이야?”

“내가 언제 헛소리 하는 거 봤어?”

“그건 아니지만… 나도 정말 가보고 싶어. 그런데 아빠가 허락해 주실까?”

“걱정하지 마. 내가 반드시 허락받을 테니까.”

영빈이 큰소리치는 데는 나름 이유가 있었다.

언젠가 유물을 윤 장군에게 맡기던 당시 비슷한 미리 비슷한 언질을 던진 데다가 무엇보다 윤 장군은 영빈이에게 빚이 있었다.

그건 바로 작년 초에 있었던 목숨 빚이었다.

영빈이 스스로는 그렇게 생각하지 않고 있었지만 윤 장군은 언제나 영빈이에게 미안해하며 뭐든지 원하는 것을 한 가지 들어주겠노라고 약속한 바가 있는 터였다.

그 약속을 내세울 때가 온 것이다.

"하지만 아무리 그렇다고 해도 이건 너와 나만의 문제가 아니지 않느냐!"

하지만 막상 뚜껑을 열자 윤 장군은 펄쩍 뛰며 소리부터 질러댔다.

하긴 그 어떤 아빠가 외동딸이 남자와 함께 해외여행을 하겠다는데 허락을 하겠는가.

"아버님! 저 수아를 많이 좋아합니다. 아니, 많이 사랑합니다. 저는 앞으로 수아와 결혼할 생각입니다. 하지만 이번 여행 동안은 절대 수아를 건들지 않을 것입니다. 절 믿어주십시오!"

"끄응……."

이미 윤 장군은 영빈을 사윗감으로 점찍어 놓고 있었다.

날이 갈수록 녀석은 자신의 마음에 꼭 들었기 때문이다.

게다가 자신처럼 꽉 막히지도 않았고 이미 사회적으로도 성공한 기업인이다.

어디 가서 이런 사윗감을 다시 얻을 수 있겠는가.

하지만 고지식한 그로서는 남녀가 유별한데 같이 미국까지 보내는 것은 도저히 용납되지 않았다.

"수아도 이번 기회에 견문도 넓힐 수 있고 또 모처럼 해외여행인지라 무척 가고 싶어 합니다."

"그럼 자네는 왜 다시 미국에 가려 하는가?"

언제부터인가 윤 장군은 영빈을 자네라고 칭했다.

이는 그를 성인으로 인정했다는 의미였다.

"사실은 미국에 벌여놓은 사업이 있습니다. 작년부터 이미 시작된 일이라고 할 수 있지요. 그동안은 미국과 한국을 오가며 일을 볼 수 있었지만 이번에는 가서 한동안 그쪽 일에 참여해야 합니다. 그렇지 않으면 제 동업인 이 서운해할 수 있거든요."

"동업인도 있나? 대체 그 동업인은 누구인가?"

"드날드 드램프입니다."

"설, 설마 내가 알고 있는 드날드는 아니겠지?"

영빈의 말에 윤 장군은 살짝 더듬으며 이렇게 되물었다.

"아마 그 드날드가 맞을 겁니다."

"맙소사. 자네는 늘 날 놀라게 하는 재주가 있군. 그게 사실이라면 미국에 가도 대접을 꽤 잘 받겠구먼."

드날드 드램프는 미국뿐 아니라 한국까지도 잘 알려진 세계적인 부동산 재벌이다.

그러니 윤 장군이 놀라는 것도 당연했다.

"그냥 공항에 도착하면 소박하게 전용 헬기를 보내줄 테고 숙소는 뭐……. 맨해튼 호텔의 특실이나 쓰라고 할걸요? 아 참, 저녁이면 스빌버그 감독과 줄리아 오버츠 등과 함께 저녁 만찬을 할지도 모르겠네요."

“줄리아 오버츠까지……. 휴우… 혹시 자네 나와 같이 가고 싶은 생각은 없는가?”

알고 보니 윤 장군은 신데렐라처럼 등장한 줄리아 오버츠의 열혈 팬인 모양이다.

그녀의 이름이 나오자 이처럼 흥분하는 것을 보면 말이다.

“아버님, 지금 농담할 때가 아닙니다. 만일 수아와 함께 미국으로 가는 것을 허락해 주신다면 조만간 제가 줄리아 오버츠를 반드시 한국으로 초청해 아버님께 소개해 드리겠습니다.”

“자네 진짜로 우리 딸을 건들지 않을 자신 있나?”

윤 장군의 말투는 어느새 누그러져 있었다.

줄리아 오버츠의 효과가 있긴 있는 모양이다.

“아버님께서는 제가 사내임을 잊으셨습니까?”

“좋아, 허락하겠다. 대신 우리 공주님을 고이 모시고 갔다 와야 한다.”

“감사합니다. 정말 감사합니다!”

영빈이 큰절을 올리며 이렇게 기뻐하자 문밖에서 가슴을 졸이던 수아도 주먹을 불끈 쥐며 예스를 외쳤다.

너무도 기뻤던 것이다.

“그런데 자네…….”

“네?”

“험험, 저기 그… 약속은 꼭 지켜야 하네. 그, 줄리아 오버츠 말일세.”

무뚝뚝한 척 말하는 윤 장군의 두 뺨이 살짝 발갛게 달아오른 것을 보며 영빈은 싱긋 웃으며 말했다.

“명예를 걸고 반드시 지키겠습니다.”

이렇게 해서 마침내 영빈은 미국 팀은 물론 탁기훈과 미스 존 그리고 아름다운 수아와 함께 미국행 비행기에 올랐다.

“영빈아, 그날 아빠에게 한 말 진심이야?”

“응? 무슨 말?”

“아니, 그때……. 아빠에게 우리 여행 허락받을 때 했던 말 있잖아.”

비행기 안에서 수아가 이렇게 묻자 영빈은 난처해지고 말았다.

사실 그는 수아에게 멋진 프러포즈를 할 생각인지라 말을 아껴야 했는데 지금 자꾸 수아가 보챘기 때문이다.

“글쎄……. 잘 생각이 나지 않는데? 아, 맞다. 줄리아 오버츠를 데려온다고 약속한 것 말이구나.”

“이 엉터리! 됐다. 말하기 싫으면 관둬. 흥!”

영빈은 말하기가 곤란한 입장이고 수아는 달콤했던 그 말을 다시 듣고 싶어 했다.

그래서인지 두 사람간의 공기는 처음보다 무거웠다.

그런데 그때, 구세주가 등장했다.

"야! 너희들. 그 무서운 윤 장군님께 어떻게 허락을 받았냐? 정말 불가사의를 보는 기분이다."

"그러게……. 악명 높은 윤 장군께서 어떻게 이렇게 예쁜 딸을 도둑놈 손에 맡길 수가 있었을까?"

바로 탁기훈과 미스 존이 바로 뒷좌석에 있다가 두 사람의 사이에 끼어든 것이다.

사실 윤 장군을 잘 알고 있는 이 둘의 입장에서는 두 눈으로 보고 있으면서도 지금의 상황이 믿어지지 않았다.

"기훈 형, 나는 그것보다 형이 미스 존 선배님과 결혼한다는 게 더 불가사의야. 나는 형이 평생 혼자 살 줄 알았거든."

"이야~ 우리 후배님이 뭘 좀 아는군. 나 아니면 저 인간을 누가 구제해 주겠어? 좋은 일 하는 셈 치고 나라도 구제해야지."

"왜 또 화살이 나한테 날아오는 거야? 난 아무 잘못도 하지 않았는데……."

탁기훈이 이렇게 투덜거리고 있을 때 갑자기 영빈의 입

에서 비명이 터져 나왔다.

"아야!"

수아가 눈을 흘기는 것으로 보아 그녀가 영빈의 허리를 꼬집은 모양이다. 어쨌든 모두들 이렇게 행복한 모습으로 떠들고 있는 사이 어느 새 비행기는 뉴욕 공항에 도착했다.

Chapter 11

대단원

1

영빈이 윤 장군에게 했던 말은 사실 농담이었다. 그런데 그 농담이 현실로 이루어지고 있었다.

"어서 오십시오, 민 사장님. 기다리고 있었습니다."

공항에 도착하자마자 영빈 일행을 반갑게 웃으며 맞이한 이들이 있었다.

드날드 회장이 보낸 직원들이 그들을 기다리며 대기하고 있던 것이었다.

"이쪽으로 가시지요. 회장님께서 특별히 민 사장님 일행을 헬기로 모셔오라는 지시가 있었습니다."

환한 웃음을 지으며 영빈 등을 맞이한 그들은 손으로 가야 하는 방향을 가리키며 깍듯하게 그들을 대접하며 장소를 이동했다.

"전용 헬기까지 보내셨다는 말입니까?"

"그렇습니다. 회장님께서 그만큼 민 사장님을 기다리셨다는 뜻 아니겠습니까."

헬기장으로 이동하는 동안 안내인은 영빈에게 이렇게 말했다.

이로 보아 영빈의 장담대로 일이 잘되고 있는 것 같았다.

그렇게 헬기를 타고 얼마간 이동한 뒤 높은 빌딩에 위치한 헬기 창륙장에 도착한 영빈은 안내를 받아 바로 헬기에서 가장 먼저 내렸다.

"오느라 수고 많았소, 민 사장. 여러분들도 고생하셨습니다. 어서 안으로."

"오랜만에 뵙습니다, 회장님."

헬기에서 내리자마자 놀랍게도 드날드 회장이 직접 영빈 일행을 맞이했다.

이런 경우는 거의 없던 일이라 그런지 드램프사의 직원들은 바짝 긴장한 모습이었다.

"그간 잘 지냈는가?"

드날드 회장이 웃으며 이렇게 말을 건넸다.

"물론이지요, 건강해 보이십니다."

영빈은 드날드 회장에게 이렇게 회답을 하곤 함께 걸으며 건물 안으로 내려갔다.

그런 와중에 그들의 이야기는 영빈이 앞서 이야기를 했던 예측들이 모두 맞아 떨어졌다는 사실에 놀라워하는 드날드 회장의 칭찬과 더불어 수아의 외모에 대한 칭찬이 이어졌다.

"이런 멋진 연인을 만나고 있다니 민 사장은 연애에 있어서도 정말 수완이 좋구려."

"과찬이십니다. 제가 복이 따랐을 뿐입니다."

그리고 부동산 사업과 관련한 그들의 이야기가 진행되고 그 이후 영빈은 엘프 쥬얼리에 대한 이야기를 드날드에게 언급했다.

그리고 그날 저녁 만찬 시간이 되었을 때 드날드 회장은 영빈에게 기회를 제공했다.

만찬석에는 스티븐 스필버그와 줄리아 오버츠가 와 있었던 것이다.

이 자리에서 영빈은 헐리우드 배우들에게 좋은 인상을 남기고 줄리아 오버츠에게 최신상품을 선물로 주었는데 그녀는 이를 너무나도 마음에 들어했다.

　이 과정에 수아가 착용하고 있던 엘프 쥬얼리의 제품이 줄리아 오버츠의 눈에 든 게 계기가 되었던 것은 그들만 아는 비밀이다.

　영빈의 또다시 시작된 터닝포인트는 이렇게 빛을 발하고 있었다.

2

　―2012년 12월 15일.

　인천 국제공항에는 많은 기자들과 팬들이 모여 웅성거리고 있었다.

　1994년 겨울에 방문했던 줄리아 오버츠가 오랜 기간만에 한국에 입국한다는 소식이 파다하게 퍼지면서 벌어진 인파였다.

　줄리아 오버츠.

　헐리우드의 유명한 배우이자 한국의 문화를 사랑한다고 말하는 그녀는 국제적인 기업, 엘프 쥬얼리의 모델로 유명한 사람이었다.

　그런 그가 한국에 들어오게 된 데에는 특별한 사연이 있었다.

"예전 인상 깊게 만났던 분들의 초대로 이렇게 다시 오게
되었습니다. 아, 지금 막 내리고 있네요."

기자들에 둘러싸인 줄리아 오버츠가 이렇게 말하고 있을
때 입국장에서는 한 아이를 품에 안고 예쁜 중년의 여성과
함께 들어오는 중년의 신사가 있었다.

선글라스를 끼고 나이에 비해 매우 세련된 모습을 하고
있는 남자였다.

줄리아 오버츠의 곁에 선 남자는 줄리아 오버츠에게 가
벼운 목례를 했고, 여성은 가볍게 악수를 나누었다.

그제야 그들을 알아본 한 기자가 소리쳤다.

"엘프 쥬얼리 회장 부부잖아!"

"세상에!"

그간 줄리아 오버츠가 모델로 서긴 했지만 개인적인 깊
은 친분이 있다는 사실이 처음으로 한국에 소개되는 상황
이었다.

그랬다.

중년의 남자는 과거로 회귀한 뒤 새롭게 삶을 살아온 영
빈이었다.

그리고 그의 옆에 서 있는 여성은 수아였고.

그들은 인파를 향해 가볍게 손을 흔들어 보이곤 공항을

빠져나와 자신들을 기다리고 있는 차에 여성들부터 올라섰다.

영빈은 차에 오르기 전 잠시 푸른 하늘을 바라보았다.

하늘로 여러 상급 정령들이 영빈을 향해 손을 흔들고 있었다.

"여보, 어머니께서 기다리고 계세요."

수아가 말했다.

그러자 영빈은 고개를 끄덕이곤 차에 올랐다.

"그래, 어머님 생신인데 늦을 순 없지. 아, 그리고 장인어르신도 좋아하시려나."

"웬 걸요. 줄리아가 같이 가는데."

―세계굴지의 기업 엘프 쥬얼리의 회장이자 지구 유일 최강의 마스터급 정령사 영빈.

그는 그렇게 인생의 클라이막스를 향해 달리고 있었다.

『터닝 포인트』 완결

FUSION FANTASTIC STORY

WARRIORS 워리어스

신림 퓨전 판타지 소설

전 대륙을 통일한 대제국 탈로스.
그 이면에는 소환진으로 넘어온 자들이 있었으니.
세월이 흐르고, 전쟁의 영웅들은…
…노예가 되었다!

"이곳은 어디인가? 목숨을 걸고 싸우라고?"

천하제일인을 목표로 검을 수련하였으나,
정신을 차리자 이계의 노예검투사가 된 철웅.
카시아스란 이름으로 다시 태어난 그가
이계에서 혈풍을 일으킨다!

"인간으로 남고 싶은 자, 검을 들어라!"

삶과, 운명과, 구속과 싸워 살아남으라!
치열하게 싸우는 자, 그것이 워리어스다!